日本人の気概

The Spirit of Japan

Takanori Nakajoh
中條高徳

致知出版社

まえがき

筆者はこの世に生まれて八十四年。はるばる来つる哉《かな》の感が深い。昨秋、心筋梗塞に襲われたが天下の名医に恵まれ、無事生還しえた。

芭蕉の「月日は百代の過客にして行き交《か》う年も又旅人なり」が実感として吾に迫るこの頃である。

問題が山積みしているこの世だが、病癒《い》えたる身にはとてもまばゆく輝いて見えた。

二百六十五年の江戸時代に別れを告げ、明治近代国家が創《つく》られてからも総じてこの国は貧しかった。

貧しくとも、教育には熱心で村毎《ごと》に小学校はあった。先生は尊敬され、秩序を守る駐在巡査は村の名士であった。

祝祭日を旗日《はたび》と呼び、全戸に「日の丸」の旗がはためいていた。全ての学校に小さいながら白壁の「奉安殿《ほうあんでん》」があり、「教育勅語」が収められていた。紀元節《きげんせつ》（二月十一日）や天長節《てんちょう》（天皇誕生日）など旗日には校長先生が白手袋で恭しく、「教育勅語」を取り出し、全校生徒に荘重《そうちょう》に読み聞かせたものだ。

五世紀にわたる先進国（白色人種）の有色人種の国々を飲み込む植民地化政策は、大津波のように進んでいた。一八五三年のペリーの来航はその前触れであり、我が民族の先人たちの「気づき」により明治近代国家が誕生した。

それから三十七年、白色の大国ロシアと有色の小国日本が戦った。日露戦争である。

この戦いに小国日本が世界中の予想を覆《くつがえ》して勝ったのだ。コペルニクス的転換と世界の人々が呼ぶ程の異変であった。

白色ロシアが勝てば、歴史の語る白色人種による植民地化政策は完成したはずであった。

まえがき

日露戦争における奉天戦勝利の日、三月十日は「陸軍記念日」、日本海海戦勝利の日、五月二十七日は「海軍記念日」として、この戦争の世界史的意義を国民に説いてきた。

それらの日には戦った勇士たちが、古びた軍服を着て、学校に現れ、われわれ少国民に熱を込めてこの戦争の意義を語った。国を護《まも》る大切さを説き、民族の誇りを語ったものであり、軍国主義の鼓吹《こすい》などでは決してなかった。

スペイン、ポルトガルによる植民地化が始まった頃、アメリカがなかったどころか、一四九二年のコロンブスの新大陸発見までは、あの大地さえ世界の人々は知らなかった。

一七七六年に建国された若きアメリカは、メキシコと戦いカリフォルニアを手に入れた。太平洋が我が庭に見えた。一八九八年ハワイを制して星条旗の五十番目の星にした、まさにその年、スペインと戦い、グアム、フィリピンを掌中に収めた。

日本列島を手に入れれば、太平洋の垣根は完成する。日本からの依頼で、日露戦争停戦の役割をセオドア・ルーズベルト大統領は引き受けたものの、黄色ニッポンの台頭は許せなかった。

したがって先の大東亜戦争は、若き世界の覇者アメリカのポーツマス体制（有色人種勝利）修正の為の戦争であったといえよう。

六年八か月に及ぶ占領政策は巧妙を極め、日本の良い歴史を否定し、二千年余磨いてきた民族の美質《びしつ》、とりわけ紡いできた絆《きずな》をズタズタ切りにした。

戦争の残酷さを体験し、疲弊のどん底にあった国民は、占領下で批判の自由が全くなかったこともあったが、占領政策が間接統治方式であり、逆に干天《かんてん》の慈雨《じう》の如く受け取った人も多かった。

その頃、占領軍の手に成った憲法を、六十六年たったいま、一行たりとも改正しえないような生き様で、このすさまじい国際間を、我が民族は生き抜けない。

ツギハギだらけの心臓になったが、我が民族の栄光、そして美質を、そしてあらまほしき民族の生き方を説き続けたいと思う。

おじいちゃんの「民族の遺言」である。

日本人の気概　目次

第三章　先人に学ぶ

第四章　歴史を忘れた民族は滅びる

エピローグ　感性が理性を超克する瞬間

装幀――川上成夫／写真――坂本泰士／編集協力――柏木孝之

プロローグ

日本民族どっこい生きていた

日本はいまなお地震・津波・原発事故の三重苦ともいうべき悲劇の連鎖《れんさ》の中にある。

仏事では四十九日の日を満中陰《まんちゅういん》と呼び、追善供養《ついぜんくよう》を営み、忌明《きあ》けとも称するのに、四十九日に当たる四月二十八日は、いまだ行方不明者が一万一千人を超える惨状である。

奇《く》しくも五十九年前の昭和二十七年四月二十八日は、我が国から占領軍が引き揚げ、主権を回復した旅立ちの日であった。

君民一体

天皇皇后両陛下は、この国難にいたくご宸襟《しんきん》を悩まされ、国民と国難を分かち合いたいと、皇居での暖房や電灯などのご使用をお控えになる「自主停電」を実行された。

自らを厳しく律《りっ》する範《はん》たらんと、寒さはセーターなどを召されておしのぎになられたともれ聞く。

国民の禍《わざわい》は我が禍。民の悩みは我が悩みとお考えの天皇は、現場の事情が許す限り、被災地のお見舞いをされる。被災者の目線に合わせ、跪《ひざまず》かれて真摯《しんし》に見舞われる。感極まって被災者は手を合わせ涙ぐむ。

「両陛下のご訪問は、被災者にとって何よりの薬。いかなる行政の努力も、両陛下の一言にはかなわない」

火山噴火時に全村民離島した三宅島の平野村長の言や重しである。

両陛下ご訪問の際、避難所にいた男性が、「励ましよりもお金がほしい」と大声で話していたが、陛下にお声をかけられると堰《せき》を切ったように大声で泣き出したという。

この君民の関係は、君民が永年紡《つむ》いできた所産《しょさん》であり、他国の心ある人たちの羨望《せんぼう》の的となっている。

「義」に生きる自衛隊、警察、消防

時の政府中枢から「暴力装置」とまで言われた自衛隊十万余の大活躍はすべての国民の胸を打った。

石巻市などでは腰まで泥水に浸《つ》かって黙々と避難者を救い出し、遺体を収容し、食事は乾パンと缶詰、風呂もなかなか入れず、寒風に野宿という過酷な状況下で活動をする勇士たちに、全国民から感動と感謝の渦が巻き起こった。

また、約二万人の米軍人が参加した「トモダチ作戦」も見事であり、水浸しになっていた仙台空港などに強襲揚陸艦エセックスを派遣してたちまち復旧し、その威力を発揮したことは心強い限りであった。

南三陸町では、防災担当の遠藤未希さんが町民に津波の襲来を告げ続けながら、我が身は波にさらわれ散ってしまった。昨夏結婚し、秋には披露宴を行うため花嫁衣装なども整えていたという。

壊滅的な被害を受けた岩手県大槌《おおつち》町でも、住民の避難誘導中に半鐘《はんしょう》を打ち続け、あるいは水門を閉めに向かった消防隊員ら十一人も犠牲になった。危険は感じつつも「公」のため「義」のため、多くの方々が役割に敢然と殉《じゅん》じた。

惻隠《そくいん》の情

その日、児童の七割が犠牲になった石巻市の大川小学校では、合同慰霊《いれい》祭が行われた。八十四人の先生や児童の遺影《いえい》が皆笑顔だったのが切なさを増した。この世の出来事かと疑う。

同じ石巻市の渡波《わたのは》小学校では一か月遅れの卒業式が行われた。

人気者のK君がいない。迎えに来た家族と帰宅して波にさらわれた。

K君の親友は悩んだ末、黄色のポロシャツで式に出た。亡くなったK君や制服のない児童のことを思い、制服での出席を断念したという。

悲劇の大きさは、こんな子供にも惻隠《そくいん》の情（相手を思いやる心）をもたらしたのだ。

死の床で同胞を思う心

キャンディーズの田中好子《よしこ》さんががんと闘い、命絶えんとする時、肉声で、「被災された皆様のことを思うと心が破裂するように痛み、ただただ亡くなられた方々のご冥福をお祈りするばかりです」「必ず天国で被災された方のお役に立ちたいと思います」と息も絶え絶えに語ってこの世を去った。

民族の誇り「絆」の強さ

このような我が民族の自制心を忘れず、しかも事にあたり我が身を顧みない勇気、そして強いコミュニティ精神などに対して、外電は世界各国の賛辞《さんじ》を次々と報じている。

豊かになるとともに我が民族にはびこっていた絆《きずな》の乱れ、個の主張の虜《とりこ》になって無縁社会が到来し始めていた。この大きな災難がその生き様の綻びを気づかせてくれた。所詮《しょせん》、人間は一人では生きられないという「生きる理《ことわり》」を教えてくれたのだ。

まさに先人の説く通り、「逆境は神の恩寵《おんちょう》的試練」であった。

第一章 美徳ある生き方

1

おやじの弁当

富と引き換えに失ったもの

その昔、我が国はいまの若者たちが考え及ばないほど貧乏な国であった。しかし、その頃の家庭にはぬくもりがあり、総じて明るかった。親子の情は濃《こ》く、長幼の序《じょ》は厳しく、そして礼儀正しかった。母親は総じて寡黙《かもく》でつつしみ深く、人前、とりわけ子供の前では父親を立てた。来日した著名な外国人たちが、口を揃《そろ》えて「礼節の国」「道義ニッポン」と讃《たた》えてくれた国でもあった。

六十数年前、世界の大国と戦い、そして敗れた。戦後は食べるに食なく、着るに衣のないどん底の生活を体験しながらも、我が民族は汗と涙で経済大国日本を築いてきた。民族の底力と誇っていい。

しかし、富（豊かさ）の構築とほぼ比例するように、表現を変えれば、築き上げた富と引き換えるように民族の美点、長所を失ってきた。悲しいまでの現実の日々である。

子は親の心を実演する名優である

この原稿を書いているきょうも、札幌で二十一歳の娘が、実母により八年間監禁されたと報じられていた。

小学校六年頃から八年間も外出を許されない軟禁状態が続き、まともな会話もできないという。登校日数は小六で一日、中学では一年次の二日間だけという。

実の母親の処し方とはとても考えられない異常さである。

母親にも障害があったと報じられているが、この異常な期間を親子三人で暮らしていたそうだから、父親はこの事態をどう考えていたのか。無残な家庭崩壊であり、戦後崩れ去った「家庭の絆《きずな》」を象徴する事件である。


人間の倫理の道を説いた倫理研究所創設者・丸山敏雄氏は、「子は親の心を実演する名優である」と説かれている。

この論理にもとづいて、この無残な夫婦を生んだ四人の親たちの生き様を追及したい衝動に駆られるが、プライバシーの問題でできないのが無念である。

それ以上の追及はいかに人間学のためとはいえ相手に対する礼節の度を越えるので、逆に子供が親の心を見事に実演し、名優ぶりを発揮した実例をご紹介しよう。

勉学の決意を促した親の真情

著者にとって大事なお得意先であり、長い知り合いの経営する「三笠会館」という有名なレストランが銀座にある。創業者の谷さんは奈良のご出身であり、在家仏教で名を成した方でもあった。現社長の仏前結婚に筆者もお招きを受け感動した日が忘れられない。

その三笠会館より以前発行された『るんびにい』二四一号で故・樋口清之《ひぐちきよゆき》教授（国学院大学）の随筆が戦前の家庭の姿、親子の生き様を語って余すところがない。

樋口さんの友人で、よく貧乏に耐えて勉学にひたむきに努める人がいた。その友人が勉学に励んだ動機は、「おやじの弁当」だという。

彼はある日、母の作る父の弁当を間違えて持って行ってしまった。

彼曰《いわ》く、

「おやじの弁当は軽く、俺の弁当は重かった。おやじの弁当箱はご飯が半分で、自分のにはいっぱい入っており、おやじの弁当のおかずは味噌《みそ》がご飯の上に載せてあっただけなのに、自分のにはメザシが入っていたことを、間違えて初めて知った。

父子の弁当の内容を一番よく知っている両親は一切黙して語らず。肉体労働をしている親が子供の分量の半分でおかずのない弁当を持ってゆく。これを知った瞬間、『子を思う親の真（愛）情』が分かり、胸つまり、涙あふれ、その弁当すら食べられなかった。

その感動の涙が勉学の決意になり、涙しながら両親の期待を裏切るまいと心に誓った」

という。

それに引き換え、戦後の私権の主張のみに急な世相の中では、「お父さんの弁当の中身は少ないが、お前のはちゃんとした弁当だから頑張れ」などと発言しがちであるが、それでは「恩、愛の押し売りはごめんだ」と生意気な子供の言葉がはね返ってくるのがオチであろう。

この「おやじの弁当」の心こそ、仏道で説く「陰徳《いんとく》」の妙法《みょうほう》であり、「慎独《しんどく》」の実践なのである。

2

おふくろのおしめ

豊かさに感謝する心を

かつて『おしん』というドラマが我が国で大人気となった。そしてアジアの諸国でももてはやされた。

ほぼ五世紀間にわたった西欧列強による植民地化の荒波を辛うじて免れ、近代化に成功し、その決戦とも言うべき日露戦争（一九〇四～〇五年）に勝って、心の自由と民族の誇りを得たものの、庶民の生活は極めて貧しかった。

豊饒《ほうじょう》の海に酔い痴《し》れるいまの若者たちには想像のつかないほどの貧乏であった。

文字の読めない人すらいたが、皆、凜《りん》として生きていた。

いまさら貧乏を勧める気など毛頭ない。

豊かさは全人類の目指す課題だから、そのこと自体悪かろうはずがない。

だが、識者の多くが、豊かさにたどりつくと、目指すエネルギーが弱くなり（夢見なくなる）、耐える力が萎《な》えると説く。

人は常に感謝の想念に裏打ちされて生き続けなければ、人生を誤ることが多い。

豊かさの実感を肌で感じ、感謝する心を養うには、先人たちの生き抜いた実相を伝えることこそ最高の説得であろうと思う。

この親にしてこの子あり

筆者の尊敬する平 辰《たいらたつ》さん（日本の台所を任ずる㈱大庄の社長）の母親の実話をご紹介しよう。

平成十七年、平さんのお母さんが天寿を全《まっと》うされてこの世を去られた。この時のご挨拶のエッセンスをありのままにお伝えする。

「私たち兄弟は佐渡に生まれ、島で育ち、十八歳の頃上京しました。亡くなった母は現代版『おしん』かもしれません。

祖父に子供がなかったので、末弟（私の父）が世継ぎとされ、父は海軍の軍人でしたので、船に乗っており、婿殿不在の平家に嫁いだのが母の八重《やえ》でした。（中略）

母は、子供たちのおしめ（おむつ）を古着の布の切れ端で縫い、汚れたおしめは、凍りつく川に運び、洗ってくれました。

冬の雪の降る日でした。

母のその手は、あかぎれで割れ、腫《は》れ上がっていました。血の出てくる割れ口には、ご飯粒を詰めることで耐えていました。

そんな手であっても、『子供には少しでも温かいおしめを……』と赤ん坊が汚したおしめを洗ってコタツで温めておいてくれました。

食事をしながら、子供におっぱいを飲ませている時など、ビリビリと下痢のうんちをし、抱っこしている母の腿《もも》が熱くなってくると、食事を中座して、そのおしめをはずし、下痢でただれたお尻を、母は舌で舐《な》め取っては吐き出し、吐き出しながらコタツで温めてあったおしめを取り換えるのでした。

いまのように柔らかい紙はなく、紙といえば新聞紙くらいのものでした。また、柔らかい布もなく、おしめも布を縫い合わせているので、それで拭《ふ》けば赤ん坊のお尻はさらに赤く腫れ上がってしまいます。

母は、『子供が痛かろう』と自分の舌で、その下痢のうんちを舐めて拭き取り、その口で再び食事を摂《と》ることも度々ありました。

母は毎朝四時に起き、十二人の家族の朝食を作りました。そのまな板のトントンという音で私は目を覚ます毎日でした。

朝食が済むと肥料の糞尿《ふんにょう》を大きな細長い肥桶《こえおけ》に入れ、天秤棒《てんびんぼう》で担《かつ》ぎ、一時間もかかる蛇の多い山道を、山の田や畑に運んでいきました。足をすべらせ肥桶ごと倒れ、うんちだらけになった思い出もあります。

野良《のら》仕事は、夜八時、九時に終わることも多く、常に星を見なければ家に帰ることはありませんでした。


母が上京する時には、足が悪いのを忘れたかのように、米だ芋だと重いのにもかかわらず持ってきてもくれました。

昭和五十七年、やる気地蔵を祀《まつ》った『やる気茶屋』を始めた時、五十キロもある石の地蔵さんを背負って佐渡からやってきてくれて、びっくりしました（筆者はこの時からの御縁）。


母が死を覚悟した時だと思われますが、私に話しかけてきたことがありました。

『私はもう畑にも出られん。田圃《たんぼ》にも行けん。仕事が出来なければ、人のためにならん。たとえ我が子であっても迷惑はかけたくない』と言い、その後自らの食を細めて〝水〟のみとし、大樹が枯れるが如《ごと》く心臓を静かに止めていったのだと思います。

美しい　死にかた求め　自らの
　食を細めて　枯れていく

偉大なる母に、無償の愛の尊さと大将の道をお教えいただきました」（原文そのまま）

己を捨て、相手を立てる

並居る参列者の悉《ことごと》くは感電した如く感動の坩堝《るつぼ》に浸《ひた》った。

まして五十七年から平さんと御縁をいただき、お母さんと度々お会いした私には、そのお顔からはとても天秤棒の肥桶を担いだ母親像は浮かんでこなかった。それどころか、すべての人間を抱き締めてくださる慈愛溢《あふ》れる慈母観音《じぼかんのん》像のようなお母さんであった。

この親子に接すれば接するほど「この親にしてこの子あり」の感を深くする。親の躾《しつけ》の大切さをしみじみと感ずる。

誤解のないよう特に若い母親の読者に告げたい。

生んだ母親が子をなめて育てるなど動物界の常識であるが、文明開化のいまの世に、このような非衛生的な育て方をしなさいと勧めるのでは決してない。

こうまでして育てた母親の無償の愛。

己（母親）を捨て、相手（子供）を立てる真実の愛を汲《く》み取ってほしい。

この真実の愛を理解した母親のみが、我が子が成長した日、「ならぬことはならぬ」と厳しく躾ができるという「陰陽の理《ことわり》」をしっかり学んでいただきたい。

3
母のあり方

頻発する痛ましい事件

人の世にあるまじき事件がまた起きた。

いま（平成二十一年四月）、大阪市西淀川区の佃西小学校の松本聖香さん（九歳）が、実の母親や同居する義父らによって遺棄され、奈良の山中から遺体が発見された情報がテレビで盛んに流れている。

このような身勝手な母親が最近多くなっている現実が悲しい。

もちろん、血のつながりのない義父のような立場で同居していた男の非情さも罪深いが、血を分けた、いわば「十月十日《とつきとおか》の腹ごもり」をして産んだ娘を、自己中心的な愛欲の情にかられて自らの手で殺《あや》めるというような事件が昨今多発している。

「啐啄同時《そったくどうじ》」（※）という教えがある。卵から雛《ひな》が誕生する時、親鳥は外からつついてやり、それに合わせるように内から雛も殻をつつくことで殻が破れ、新しい生命《いのち》が誕生することを表現している。

両者のタイミングが一致するからこそ、雛はこの世に生を受けることができるのであり、早過ぎても遅過ぎてもいけない。その絶妙な自然の摂理を表している。人間の誕生もまったく同じである。

教育の場における教師と生徒の望ましい関係としてこの表現がしばしば用いられてきた。

十月十日の母親の腹ごもりも、時満つれば陣痛が始まる。汗までしたたる陣痛の苦しみに見舞われるのは母親だけではない。母親の腹の中の嬰児《えいじ》も世に生まれ出ようと動き力む。

まさに神のつくり出したような母子《おやこ》の共同作業なのである。出産は神業《かみわざ》といわれる所以《ゆえん》である。

この事件も詳しいことは司直《しちょく》の手に任さねばならないが、いずれにせよ神業ともいうべき自分のお腹を痛めた娘を寒いベランダに放置し、同居している男とその子供と三人で焼き肉屋で食事をするのを常としたと報じられている。野にいる獣にも劣るようなこうした所為《しょい》は人間の仕業《しわざ》とは思えない。ましてや母親の所為とはとても考えられない。

寒さに震え、飢えに一人泣く聖香さんを思えば、たまらなく切ない。それなのに、母親が我が子を殺す痛ましい事件が頻発《ひんぱつ》するのはなぜなのか。

恵まれた環境の弊害

筆者は、このような非情な事件の頻発は、誤った戦後教育の生み出したものと判断する。いたずらに権利の主張のみに走り、権利に必ずつきものの義務を全《まっと》うすることを怠ってきた。

「個の尊厳」は人権思想の根底であり、いくら叫んでも叫び過ぎのない価値観である。ただしこれは相手の「個の尊厳」を認めてこそ成り立つ概念なのに、六年八か月に及んだ占領政策の影響を受けた戦後教育は、いたずらに権利の主張のみに走り、もっぱら人権思想の鼓吹《こすい》にのみ終始してきた。

自由を声高に叫べば叫ぶほど、ルールを守る責任が求められる。つまり社会の規範を守る責任が生ずる。

それなのに自由を何をやっても勝手とはき違え、放縦《ほうじゅう》な生き方をする者が多くなった。

このような環境の中で、戦後の母親は著しく高学歴となり、豊かになり、そして豊富な情報を手にすることができるようになった。

戦前の貧しさ、母親たちの実り少ない下積みの生活ぶりを思い起こせば、いまの母親の環境は限りなく幸せであり、素晴らしいことである。

だが、このような恵まれた環境は、そのまま「あらまほしき（望ましい）母親」「人間らしい母親」「立派な母親」につながるものではないと気づかねばならない。

この恵まれた豊かな環境の下で、教育は荒廃《こうはい》し、親が悪い、先生が悪いと責任を押しつけ合っているが、貧しかった江戸時代から明治、大正、昭和の前半は、「修身斉家《しゅうしんせいか》」と称し、まず自分自身が身を修め、家庭が正しく生きることこそが大事なりと、「みっともない」「はしたない」「卑しい」「世間に顔向けできない」

等の言葉で我が身を律し、磨いてきたものである。

時のリーダーと自他共に任じていた武家社会ではどんな貧乏武家であろうとも、生まれながらにリーダーの気概を持ち、自覚を持っていた。その気概を磨きあげるために五、六歳になると藩校に通い、四書五経を学び、「自分がされたくないことを他人にしない」との「恕《じょ》」の訓《おしえ》を『論語』から学び取っていた。「他人の悲しみや苦しみを見るに忍びない、なんとかしてあげなくてはいけない」との心の衝動につながる「忍びざるの心」を『孟子』から学び取っていた。

野口英世の母の手紙

いまの千円紙幣の人物「野口英世」は病理学で人類に貢献した偉人であるが、彼をして発奮させ、大を成さしめたのは無学の母親シカさんであった。彼女は字も十分書けなかった。

英世が二歳の頃、母親が外に働きに出たすきに囲炉裏《いろり》に転落し、大火傷《やけど》した左手がとけ固まってしまった。

学校で「てんぼう、てんぼう（丸太ん棒）」といじめられても、いまの母親のごとくどなり込みはしなかった。すべてが自分の為《な》した罪とひたむきに心の中で我が子に詫《わ》びた。

その我が身を慎むひたむきな母親の生き様は、英世には痛いほどに通じ、ほどなく周囲にも理解され、同情となり、英世の手術、進学の学費さえ工面してくれる者が出てきたのだ。

「ゆるしておくれ、火傷をさせてしまったのはお母ちゃんのせいだ。私はおまえの勉強をする姿を見ることだけが楽しみなんだ。がまんしておくれ」

幼い英世の心は激しく動かされ、猛勉強を始めたという。

最後に、シカさんが英世に宛てた手紙をご紹介しておきたい。

おまィのしせ（出世）にわ　みなたまげました
わたくしもよろこんでをりまする（中略）
はるになるト　みなほかいド（北海道）にいてしまいます
わたしもこころぼそくありまする
ドカ（どうか）はやくきてくだされ（中略）
はやくきてくだされ　はやくきてくだされ
はやくきてくだされ　はやくきてくだされ
いしょ（一生）のたのみてありまする

※啐は雛が孵化する時に殻の中からつつくこと
啄は親鳥が外から殻をつつくこと

4

花嫁人形と平和

父母や祖先に報恩感謝を捧げる日

お盆の正しい呼び方は「盂蘭盆会《うらぼんえ》」という。その行事はお釈迦《しゃか》様の弟子・目連《もくれん》尊者《そんじゃ》が母を救った話に由来している。

目連尊者は修行を重ね神通力を得て、亡き母が餓鬼道《がきどう》に落ち、逆さ吊りにされて苦しんでいるのを知った。母を救う道をお釈迦様に尋ねたら、

「夏の修行が終わる七月十五日に僧侶を招き、多くの供物《くもつ》を捧《ささ》げて供養《くよう》すれば、母を救える」

と教えられた。

目連尊者がお釈迦様の教えの通りにしたところ、その功徳《くどく》によって母親は極楽《ごくらく》往生《おうじょう》が遂げられたという。

それ以来、父母や先祖に報恩感謝を捧げ、供養を積む重要な日となり、我が国では「盆と正月」といわれるほど生活に溶《と》け込み尊い行事となった。

塞がれたままの道

今年のお盆、七月十三日から靖国神社の「みたままつり」が行われた。社域は数え切れないほど多くの黄色の供養提灯《ちょうちん》で埋め尽くされていた。善男善女が集まり、様々な奉納の催しが行われ、表面的には何の問題もないが如《ごと》く靖国のお盆は終わった。

しかし、戦後の靖国の苦悩は限りなく続く。絶対的支持者たちであった生き残りの戦友たちの老齢化。社会の木鐸《ぼくたく》たる自覚を放棄したマスコミの無責任発信の繰り返し。

サンフランシスコ講和条約の十一条にもとづき、日本を裁いた十一か国の了解を得て全戦犯の名誉回復を国会で満票で議決し、この国には法的にA級戦犯は存在しないのに、立法府に身を置きながら軽々しく「A級戦犯」と口にするのは単なる法的無知なのか。それとも選良《せんりょう》としての自覚の不足か。

国家のために身を捧げる行為を最高の栄誉と讃え、それを顕彰慰霊することは近代国家の良識である。それなのに国家を代表する総理が靖国神社にひるんでいるのはなぜなのか。

せっかく小泉総理が切り拓《ひら》いた道は、その後の三代の総理がたじろいで塞《ふさ》がれたままだ。二百四十六万余の英霊たちの無念に思いを致すとたまらない。

悲劇を繰り返さない国づくりのために

靖国神社の境内にある遊就館に「花嫁人形」がたくさん奉納されている。筆者は心が乱れると会いに行く。

その一つ、北海道出身の佐藤武一命《みこと》の母親、ナミさんが亡き息子にせめて花嫁人形を抱かせたいとの思いで綴《つづ》った手紙を紹介しよう。

「武一よ、貴男《あなた》は本当に偉かった。二十三才の若さで家を出て征《い》く時、今度逢《あ》ふ時は靖國神社へ来て下さいと雄々しく笑って征った貴男だった。どんなにきびしい苦しい戦いであっただらうか。沖縄の激戦で逝《い》ってしまった貴男……年老いたこの母には今も二十三才のままの貴男の面影しかありません。日本男子と産れ、妻も娶《めと》らず逝ってしまった貴男を想ふと涙新たに胸がつまります。今日ここに日本一美しい花嫁の桜子さんを貴男に捧げます」（後略）

この花嫁人形の傍らにナミさんが馬と熊の親子の木彫りの像を添えている。馬や熊でさえ親子睦まじく生きているのにと言いたいところだが、何も語っていないのが却って切なさを呼ぶ。戦争が母子を切り離した切なさがひしひしと伝わってくる。平和の尊さが身にしみる。

このような悲劇が起きない国づくりを急がねばならない。筆者は、その道は教育、躾《しつけ》しかないと思う。

第二章

誇りをなくした日本人

1 戦後日本人の五つの忘れ物

民族の明日を決める価値概念

あの戦後の廃墟《はいきょ》の中で食べることにさえ事欠いていた暮らしから見れば、いまの日本人は豊かさの中にどっぷり浸《ひた》っている。

奇蹟《きせき》ともいわれる富の構築そのものは、我が民族の誇りといってもいい。

だが、その豊かさを摑《つか》むにつれて、様々な大切なものを失ったことに気づく。

その最たるものが、国家観が希薄になったことであろう。立法府（国会）の与党の中ですら「愛国心」と言ったら偏狭《へんきょう》なナショナリズムにつながると反対する始末である。

国家の役割は、領土と国民の生命を守り、国民の築いた財産を保全することにある。

それなのに、竹島・北方四島が他国から実効支配されて久しいし、拉致《らち》の事実が明らかになっても解決に何等《なんら》進展を見ないのに、国政に参画する人たちにすら国難に立ち向かう気概がまったく見られない。

明治十年に作詞された「蛍の光」の三番、四番を紹介しよう。

三、筑紫[※1]のきわみ　道の奥[※2]
　海山遠く　へだつとも
　そのまごころは　へだてなく
　ひとつに尽くせ　国のため
四、千島の奥も　沖縄も

八州《やしま》のうちの　守りなり
到らん国に　いさおしく
つとめよわが背[※3]　つゝがなく

※1…九州　※2…東北地方　※3…わが夫

五世紀間にわたった西洋列強の植民地政策の魔手から逃れて、危うく近代国家づくりに成功した明治の人たちの、愛国の気魄《きはく》が伝わってくる。日清・日露戦争のはるか以前に作詞され、いささかの軍国的要素もないのに戦後消されたままになっている。

道路財源で揉《も》み合う力があるならば、この三、四番の復元の勇気を持ったらどうか。

国防の基本は愛国心にある。公を忘れて個のみにはしる民族に明日はない。

第二の忘れ物は「義務」の喪失である。「権利」と「義務」は常に表裏一体で初めて成り立つ価値概念である。子供の学校給食を受けながら二十数億円もの給食費滞納を見逃しておくわけにはいかない。

二宮尊徳は、酒匂川《さかわ》の土木工事に病身の父親代わりに参加したが、自分の非力（義務の不足分）を夜なべで草鞋《わらじ》をつくって穴埋めしたそうな。

権利のみの主張に終始し、義務を顧《かえり》みないこの戦後の大きな忘れ物を強く恥じねばならない。

正すべき親の勘違い

第三は、戦後の日本人は叱《しか》ることを忘れてしまった。叱ることは戦前の悪い風習と勘違いしている親が多い。

昔の諺《ことわざ》に「子供は叱るな来た路《みち》じゃ。年寄り笑うな行く路じゃ」とあるが、理に合わぬ叱り方をするな。自分の歩んできた路だから愛情の裏打ちをしてしかと叱れということなのである。福沢諭吉の説くとおり、「父母は習慣の教師、家庭は習慣の道場」なのである。

子供の幼児期はしたい放題したいのが当たり前である。だから外で遊ぶことの多かった戦前の子供たちが悪さをしたり、弱い子いじめをすると、必ずどこにも怖《こわ》いおじさんがいて、大声で叱られたものだ。

会津若松藩の「什《じゅう》の教え」には、「虚言《うそ》（うそ偽り）を言ってはなりませぬ」とか「卑怯《ひきょう》な振る舞いをしてはなりませぬ」とか列挙してある。つまり「ならぬことはならぬものなり」としっかり基準を教え、躾《しつ》け、それが守られない時は強く叱ってこそまともな子供に育つものなのだ。

叱ることが罪悪で、甘く育てることこそが親の愛と錯覚している昨今の親の病は重い。

第四の日本人の忘れ物は、褒《ほ》めることが下手になったことである。名将山本五《い》十六《そろく》は「やってみせ、言って聞かせてさせてみて、褒めてやらねば人は動かじ」と喝破《かっぱ》した。

叱ることを忘れたいまの親たちは逆に褒める基準も分からないし、そのタイミングも、効果的褒め方も、さっぱり分からなくなっている。

叱るべきをきっちり叱る人から褒められると、褒められる側の喜びは倍加する。これは宇宙の所作（はたらき）はすべて陰陽の理法が働くからである。

耐えてこそ明日につながる

五つ目は、昨今の日本人は忍耐を忘れてしまったことである。ドラマ『おしん』はアジア諸国でもてはやされた。辛苦を重ねた人々から強い共感を呼んだのであろう。

耐えてこそ明日につながるのが世の常なのに、近頃の日本人はすぐキレる。勉強せよと言われた孫が祖父を殺す。悪口を言われただけで学友を刺し殺す女生徒。

毎年三万人を超える自殺者。何とも重い病だ。

明治の先人たちは、三国干渉で遼東《りょうとう》半島を仏独露に奪い返された時、「臥薪嘗胆《がしんしょうたん》」と耐え忍んだからこそ、その後の栄光の歴史につながったのだ。

家康は「堪忍は無事長久の基《もと》。怒りは敵と思へ」と説き、『法句経《ほっくぎょう》』は「怨《うら》みに報ゆるに忍《にん》を行《ぎょう》ずれば、怨《うら》みを息《や》むことを得」と教えてくれている。

職業軍人であった筆者が体験した「終戦の日」は惨酷さを極めた。先輩たちは次々と自決した。気の狂った同期生も出た。先輩たちは「貴様たち若者は死を急ぐな。新生日本の再建に励め」とお説教して自決していった。

筆者は「死んだつもりで生きる」と自分に強く言い聞かせた。満十九歳であった。

これを堪え忍んだ経験があったればこそ、その後訪れてきた死の宣告を受けたアサヒ軍の指揮をとりえたものと思う。

耐えたればこそ、天下のハーバード大学から企業の死の宣告を受けたアサヒビールが天下一となれたのだ。

〝朝の来《こ》ない夜はない〟

2　乱れた日本の国語と日本人の卑しい発言

恥の文化の崩壊

我が国はその昔より「言霊《ことだま》の幸《さきは》ふ国」と言われてきた。言葉の表現に細《こま》やかな優しい気配りをして磨いてきた国であった。

大陸から学んだ漢字に平仮名や片仮名を創《つく》り出して表現を豊かにしてきた。千年前の『源氏物語』を読んでも、先人たちの言葉《ことのは》の見事な表現にうなる。

昭和二十年、戦敗れマッカーサーが厚木に上陸するや、「修身・歴史・地理」は教えてはならないと宣言。表看板は「ザ・ウォーギルト・インフォメーション計《プロ》画《グラム》」（戦争の罪の刷り込み政策）と掲げたものの、六年八か月の占領期間は、この国を民主化するとの名の下に、我が国の歴史の否定に終始した。

国家を潰《つぶ》すに武力はいらない、その国の歴史を消せばいい、との説さえある近現代にあって、まさにその説の実験台の趣があり、見事といってよいほどの徹底さであった。


あの共産党嫌いのアメリカは、占領を始めるや政治的拘束をしていた徳田球一や野坂参三ら、日本共産党の領袖《りょうしゅう》たちを野に放ち、各企業に労働組合をつくることを慫慂《しょうよう》した。上場企業の常務以上、市町村の三役は悉く追放された。野村證券の奥村綱雄京都支店長はその後社長に、住友銀行の堀田庄三東京事務所長はその後頭取になった。

自ら勝ち取ったものではなく、にわかに与えられた権利を握った組合指導者たちは、労使交渉の場で「社長！　てめぇ！」と乱暴な言葉を使うことが、対等の権利と考えるほどの幼稚なものだった。

教師こそ聖職なりとの価値観が支配的であった教育現場は全《すべ》て否定され、赤旗を振り回す日教組の独壇場と化した。

戦前は、生徒は限りなく先生を尊敬し、先生の言葉には素直に従った。戦後は師弟の上下の関係は悪であり、友達言葉で接するのが教師のあるべき姿と論じ、そして実行した。

皇居前には赤旗がへんぽんと翻《ひるがえ》り、「天皇たらふく〝めし〟を喰《く》い、われら人民腹ぺこぺこ」などの幟《のぼり》が林立していたのが戦後日本の実相であった。

近現代に入っての日清、日露戦争は我が国の勝利であり、しかも他国の領土内での戦争であった。人類最初の原爆の洗礼、東京大空襲を始めとする諸都市の猛爆、沖縄戦など、我が国有史以来の数々の惨憺《さんたん》たる体験をした国民は虚脱《きょだつ》状態だっただけに、巧妙を極めた占領政策は見事なほどに滲《し》み込んでいった。

そして他国に類を見ないほどの縦軸・横軸で織り成し、築いてきた「恥の文化」

は音をたてて崩れていった。

民族の誇りでもあった「絆《きずな》」は切断され、極端をいえば戦前の全てが悪とさえ捉《とら》える輩《やから》が急増した。

衰微する日本人の国語力

筆者の身内でも、言葉の乱れによる不幸が発生した。

凛《りん》とした若い陸軍将校が、結婚間もなく敗戦となり復員し、両親との共同生活となった。若い夫婦の会話で、「ええ、そうです」と新妻が返事する。それを聞いた姑さんは、「日本には主人に仕える『ハイ』という立派な言葉があります。『ええ』など友達言葉です」と。

今時の若者には理解出来ないだろうが、この件が原因で夫婦は離婚した。実際にあった話である。

それから六十余年たった現在、特に若者たちの日本語の乱れは甚だしい。

文化庁が実施した平成十九年度「国語に関する世論調査」の結果が発表になった。

「国語は乱れていると思うか」の質問に、八割近くの人が乱れていると答えている。

動物の叫びかと感ずるような若者言葉や、敬語、謙譲語の乱れなど、国語力全体が著しく低下していると感ずる国民が極めて多いことがこの調査で窺《うかが》える。

国語の習得は古来、学ぶこと、習うことが基本とされている。しかしこの調査では、子供たちの学習のモデルは八十六パーセントテレビという結果になっている。とりわけ大さわぎ娯楽番組の罪が大きい。それに国会議員や知事らが出演しているのはいかがなものか。

この調査結果に次のような例がある。

「檄《げき》を飛ばす」の意味

一、自分の主張や考えを、広く人々に知らせて同意を求めること＝十九・三％

二、元気のない者に刺激を与えて活気づけること＝七十二・九％

一の正しい答えを選ぶ人が二割に満たず、間違った二の解釈を選ぶ人が七割を超えている。このような国語の乱れは数え切れないほど発生している。

国語力衰微の原因は戦後の国語政策にあることは間違いない。経営者も政治家も教育者も全力を挙げてこの課題に取り組まねばならない。

言語の乱れは心の乱れにつながる

言語は心の表象ともいわれる。逆もまた真なり。言語の乱れは心の乱れにつながる。

世のリーダーでもある経営者たちの最近の言動に卑しい発言が多くなったのも、

筆者にとって大きな気掛りである。

東横インの違法改造問題で、身体障害者の気持ちを踏みにじってまで利潤を拡大しようとする経営者の品位のない発言は聞くに堪え難かった。

最高学府に学んだホリエモンこと堀江貴文氏の「投資家にとって邪道かどうか関係ない。ずるいと言われようが合法だったら許される」「誤解を恐れずに言えば、人の心はお金で買える。女は金についてくる」との発言などはあまりに卑しい。

この類《たぐい》の発言が昨今のリーダーたちに多く散見されるのは、由々しい問題である。「人間学」を疎《おろそ》かにし、知識の集積のみに走った、つまり「時務学《じむがく》」のみに走った憐《あわ》れな結末に他ならない。

3 志立たざれば舵《かじ》なき舟、轡《くつわ》なき馬の如し

未だ尾を引く日本罪悪論

筆者が理事を務める㈶日本青少年研究所（千石保理事長）が文科省から毎年、青少年の意識調査を頼まれる。日・米・中・韓の比較調査の度に、わが国の青少年の将来への夢があまりにも小さいことに驚く。自分の国に誇りを持ち、国を愛する心も著しく低い。

明日を担う我が国の若者の実態に、筆者はその都度心が痛み、心が騒ぐ。

戦敗れて半世紀以上経《た》った。しかし、戦後六年八か月に及んだ占領政策、とりわけ当初の「ザ・ウォーギルト・インフォメーション計画《プログラム》」（戦争の罪の刷り込み政

策）で徹底して刷り込まれた日本罪悪論が、長く尾を引いているのだ。

幕末から明治にかけて先人たちは、ほぼ五世紀間にわたって白色人種による地球規模の植民地化が進行していた中にあって、近代国家づくりに成功した。有色人種でありながら世界の五大国に上り得たことは、近現代史における我が民族の金字塔であった。それは、先人たちの志が高く、夢が大きかったから成し得たことに他ならない。

その我が国は、昭和の時代になって大国と戦って敗れた。いまから六十六年前（昭和二十年）である。国民は、敗戦というあまりにも大きな衝撃に打ちひしがれたのと、巧妙な占領政策によって、戦争の勝敗の本質にすら気づかなかった。

戦争は、クラウゼヴィッツが「政治の一手段」と説いた如《ごと》く、双方の国益の衝突なのだ。その勝敗は、正義とはいささかの関係もない。勝った瞬間、「勝者が正義なり」との論理ですべてが支配され、歴史はすべて勝者の手で綴《つづ》られるという現実さえ理解できなかった。半世紀以上経った現在でも気づかず、国民の多くがいまなお自虐史観に侵されている。

そのような大人たちの「ていたらく」の中で、若者たちが、国を愛し、将来に夢を持つことは至難の業《わざ》であり、志高く生きるなどできようはずがない。

豊かさと引き換えに失ったもの

このような調査の結果を生むもう一つ大きな理由は、この国の豊かさにあると判断される。

いまや資源小国日本も世界トップレベルの富を築いた。全人類が貧困を嫌い、豊かさを目指している。その現実からすれば、豊かさ自体は何らの懸念材料ではない。汗で築いたものであろうが、天与のものであろうが、素直に神に感謝すればいいことだ。

だが、豊かさに酔いしれる日本国民は、世界の識者の声に謙虚に耳を傾けねばならない。

「豊かさは全人類の目指す課題だが、不思議や不思議、たどり着いてみると、必ず目指すエネルギーが弱くなり、耐える力が萎《な》える」と説く。

目指すエネルギーが弱くなるとは、紛れもなく夢を描けなくなることを意味する。耐える力が萎えるとは、忍耐力が弱くなるとの指摘であろう。

先述の調査結果や、政府発表の毎年三万人を超える自殺者、いささかの忍耐力もなく、自分が気に入らない相手をすぐ殺すなどの現象が毎日続く我が国の実相は、世界の識者たちの指摘通りといえよう。


考えてみれば、戦前の日本は現在と比較しようもないほど貧乏だった。夢を大きく描けなどといわれなくても、当時の若者たちは「憂《う》きことのなおこの上に積もれかし限りある身の力試さん」ぐらいの気概で、東京や大阪に向かったものだ。

その若者を見送る母親たちの中には、文字すら読めない者もいたが、「他人《ひと》さまから後ろ指だけは指されないようにしておくれ」と語りかけていたものだ。

成功して、あの母親が痛がっていたアカギレを治してやろうとの志が固かったから、どのような日々の辛《つら》さにも耐え得たのだ。

敗戦時、満州（中国東北部）にいた日本人は六十万人もシベリアに抑留され、うち六万人が餓死、凍死している。

その犠牲者の慰霊碑がハバロフスクにできた年、十一年間も抑留されていた伊藤忠商事元会長・瀬島龍三氏夫妻と筆者は現地を訪ねた。

その時、瀬島氏はラーゲル（強制収容所）の前に立って、「どんなこと、どんな辛いことがあろうが、母国の土を踏むのだ」「恋女房に会うまで絶対死ぬもんか」と夢を持ち、固い決意を持たない限り生き抜くことは難しかった、と語ってくれた。

それは限りなく切なく、とても重く、そして尊い言葉だった。

この日本の現状を救うもの

筆者はどん底のアサヒビールを指揮した時、ヴラマンクの絵に魅《み》せられたものだ。彼の絵は大抵、泥んこ道や嵐の風景の如き暗い絵が多い。だが必ず絵の右上方から強い光が差している。

どん底では、ささやかな光でも求めてやまない。暗闇では一条の光が生きる力を与えてくれる。

かの吉田松陰も「志定まれば氣いますます盛んなり」と説く。

軍の学校でも「志立たざれば舵《かじ》なき舟、轡《くつわ》なき馬の如し」（王守仁《しゅじん》）と教えてくれた。

曹洞宗の創始者・道元禅師も「切に思うことは必ず遂ぐるなり、切に思う心深ければ必ず方便（やり方・手段）も出てくるべし」と教えてくれている。

筆者は、この日本の現状を救うものは、教育・躾《しつけ》をおいて他にはないと固く信ずる。

読者諸兄姉よ。筆者の説いてきた古い事例の様々がなくとも、我々の身近に生きた敬すべき坂村真民先生が九十六年のご生涯の中で常に「念ずれば花ひらく」「志のあるところ道がつく」と説かれていたではないか。

あなたの一隅を照らす光は、必ず千波万波となってこの国を照らし、夢多き、志高い若者たちが陸続《りくぞく》と生まれてくるはずだ。

さぁ心の眼を覚《さ》まそう！

4 相手を立てれば蔵が建つ

利他の心を失いつつある日本

自分さえよければ他を一切顧みない風潮が「神の国ニッポン」を支配している。世の識者たちも、この様を憂えて利他の大切さを熱心に説くが、若者はおろか大企業の経営者の中にも目の覚めない輩《やから》が少なくない。

大昔の聖賢の言葉に「積善の家には必ず余慶有り」(『易経』)とある。幸せを摑《つか》もうと思うなら、まず他人《ひと》さまにいいことをたくさんしてあげなさい、そのような人(家・会社)には必ずいいことがやってくる、と因果応報を説いている。

かの『論語』の中にも、孔子の弟子の「先生の教えの最も大切なものは何ですか」との問いに、「其れ恕《そじょ》か」と答えている。つまり、相手の立場に身を置いて考えることが最も大切だと説いているのだ。

これは近代経営学でも、「プロダクト・アウト」（生産者的発想・ひとりよがり）では勝てない、「マーケット・イン」（お客さま本位）でなければ絶対に勝利を手にすることはできないと強調されている。

このような理屈を並べなくとも、お客の入りの多寡《たか》がすべてともいえる職業・歌手の三波春夫は、「お客さまは神様です」と腹の底から叫んだのだ。

自分さえよければと利己的に事業をすれば、ライブドアのホリエモン、村上ファンドの村上世影氏のように墓穴を掘ることになる。こうした事件が目の前に展開されても、まったく頂門《ちょうもん》の一針《いっしん》にすらなっていない我が国の現実は寂しく切ない。

春風を以て接すべし

筆者は会社がどん底の時、営業本部長を命ぜられた。社長は代々住友銀行（当時）からみえていた。

プロパーのトップとして、私は占領軍に分割されてどん底に落ちた会社を蘇《よみがえ》らせなければならない立場にあった。

世界の権威ハーバード大学も日本のビール業界を寡占ビジネスモデルの典型と考え、トップのK社が六割を超えるシェアを占める業界では、二位以下は絶対勝てないと教えていた。

その挑戦で、ややもすれば自信を失いがちな社員に語りかけた「相手を立てれば蔵が建つ」十か条をご紹介しよう。

一、「愛」は人を立てる最高のもの
「愛」は相手の立場になって考えることが基本。お客さまを好きになれ。「思いやり」は相手の立場に身を置き換え、思いやることを意味する。見返りを一切求めない母親の子を思う「愛」は最高であり純粋。

二、「礼」は人を助け身を助ける
人は一人では絶対生きられない。相手を強く意識する心が「仁」だ。仁は「人間は二人」と書く。「仁」そのものは目に見えない観念であるが、それが形になって現れるのが「礼」である。お礼はゆっくりていねいより、簡単でも早くせよ。電話よりＦＡＸがいい。

三、約束を守れ
約束を守るだけで相手は大事にしてくれていると思う。「いずれそのうち……」という約束こそ、きちんと守れ。守れないような約束は絶対にしない勇気を持て。

四、叱《しか》られ上手になれ。負けるが勝ち

いくらヘマをしても叱られ上手なら引き立ててもらえる。叱られたらより近づけ！　叱ってくれるのは、君に関心を持ってくれている証《しょう》拠《こ》だ。

五、相手にとって気の重い仕事こそ、気軽に引き受けろ

気の重い仕事も、二人で担えば軽くなるものである。

六、「お世辞《せじ》」に心が通うかは「真顔《まがお》」で決まる

口は人を褒《ほ》めるためにあると思え。真剣に考えた「褒め言葉」ならへたでも通ずる。美点凝視せよ。

「褒め言葉」の乱発は逆効果。「褒め」と「へつらい」の区別が分かる人間になれ。

褒められて気を重くする者はいない。面と向かった「お世辞」より陰の「お世辞」に偉力あり。

七、教えられたことはすぐ実行せよ

教え甲斐《がい》のある人と思われよ。私の講演や著書の感動をそのまますぐお便りでくださる人が随分いる。筆者は可能な限りすぐ返事を書いて励ます。感度良好は相手を立てる。自分を下げれば相手は上がるのは極めて分かりやすい理ではないか。

八、先手必勝

自分からかける挨拶《あいさつ》は、返す挨拶の数百倍の価値がある。「礼」の国ニッポンで、我々は昨今挨拶の尊さを忘れかけている。挨拶は一文の得にもならないと考える輩が多い現実を考えると、「積極的な挨拶」の価値は大きい。

九、人を立てるのがうまい人は、「時間の我慢」「好みの我慢」を知っている

相手の心がどう思うか、どう捉《とら》えるか。こうした慮《おもんぱか》りを表す最もすぐれた日本

語が「惻隠《そくいん》の情《じょう》」であろう。相手の立場に立って物事を考え、そして憐《あわ》れみ、心を痛め同情する心の姿をいう。

いくら面白いと思っていても、自分の話は半分以下にせよ。しゃべりたくとも、アサヒビールを売ってもらうためにひざをつねって抑えろ。

つまり「聞き上手」になれ。

十、相手の気分をよくさせることが相手を立てる第一歩

立てたい相手は女房、子ども、犬でも立てろ。

西洋に生まれた聖書は「せられんと欲することを悉《ことごと》く相手に施せ」と積極的に説き、我々東洋の先哲は「己の欲せざる所人に施す勿《なか》れ」といささか消極的だが、双方とも「相手の気分をよくさせることこそ大切」と共通している。

そう言えば、佐藤一斎《いっさい》先生もその著『言志後録』で「春風《しゅんぷう》を以て人に接し、秋《しゅう》霜《そう》を以て自ら粛《つつし》む」と説いている。

自分には秋霜の如《ごと》く厳しく、他人さまには春風を以て接して相手を立てることが肝要である。

5 新憲法の本質を見抜く

憲法の重要性を認識せよ

五月三日。今年も六十三回目の憲法記念日がやってくる。その日は奇《く》しくも筆者の誕生日でもある。

そんな因縁もあり、大学時代、尾高朝雄《おだかともお》教授の「法哲学」、宮澤俊義《みやざわとしよし》教授の「憲法学」には格別真剣に取り組んだものだ。

とりわけ宮澤教授は、筆者が占領軍から追放されていた間、家庭教師をした生徒の母親の里が宮澤教授の実家というありがたいご縁でもあった。彼は占領軍から命じられた日本側の憲法作り「七人委員会（松本烝治《じょうじ》委員長）」の強力なメンバーであった。

我が国は紛れもない法治国家だ。すべてのことは法律で定められ、法に反すれば、貧富地位に関係なくその法の裁きを受ける。

小沢元民主党代表も、いかに権力をほしいままにしようが、法を犯した疑いがあるから法廷に呼び出されるのだ。

その法はすべて憲法の心を心として立法される。そのように法治国家にとって極めて大切な憲法なのに、我が国民の憲法に対する認識があまりにも薄い。

いま、我が国は政、官、財すべてが大きく揺れている。国民の将来への憂いは日増しに募《つの》る。それに至る派生的な様々な理由はあるが、根本的な理由は、国が依《よ》って立つ憲法の成立の経緯と、その内容にあると断じざるを得ない。

民主国家の最高法規たる憲法が、先の大戦に敗れたりとはいえ、勝ち組の占領軍によって作られたという歴史の真実を、国民すべてが知らねばならない。

勝ち組が作った我が国の憲法

戦争は人類にとって最悪の手段であり、罪深いものだけに、現在は戦争についての国際法が整っている。例えば「開戦通告の義務」を設け、戦いの被害が市民に及ばないように、戦う専門家を「軍人」と呼び、戦う時には「軍服着用の義務」を課している。

その一つ、陸戦法規四十三条に、勝者が被占領地に到達した時、その国の法律をみだりに変えてはならないと立法されている。

それだけにＧＨＱ（連合国総司令部）による我が国の憲法作りは巧妙を極めた。先述の日本人による「七人委員会」に素案を作らせ、直ちにキャンセルした。日本人にも関わらせたというプロセスだけを必要としたものであろう。その後、ＧＨＱの要員であったケーディス大佐を中心とする二十四名により、六日間で仕上げたものである。

陸戦法規四十三条をクリアするため、マッカーサー元帥はこのケーディス案を国会にかけろと幣原《しではら》首相に迫った。その上、その経過は一切国民に知らせてはならないと報道管制を命じた。

占領下の国会は言論の自由が全くなかったことも忘れてはならない。

その勝ち組占領軍が作った憲法を唯々《いい》諾々《だくだく》（検討する心もなく受け入れてしまうこと）と受け取り、その内容を一行も修正することなく、半世紀以上受け継いでいるような心の姿勢で、この厳しい世界を生き抜けるはずがない。

憲法の前文を心して読んでいただきたい。

「平和を愛する諸国民の公正と信義に信頼して、われらの安全と生存を保持しようと決意した」

美しい言葉の羅列《られつ》により、あたかも理想的な国の態度が記されているかのような印象を受ける。

しかしながら、これでは我が国の安全と生存は他国の手に委《ゆだ》ねられることになる。どの国も平和を愛し、公正で信義に厚いとの前提に立っているが、各国の思惑が交錯する国際社会の現実はそういう甘いものではない。

このような自らの国を自らの手で護《まも》る自覚のない民族が、国家が、尖閣の中国や北方四島のロシアと対等に渡り合ってゆけるはずがない。

偉大な憲法学者が語りかけるもの

憲法が国家にとっていかに重要か。戦後を生きた偉大な人物の悲しい物語を紹介しよう。

時は昭和二十二年九月二十五日夜。熱海の錦ヶ浦に有名な憲法学者であり枢密《すうみつ》院《いん》議長であった清水《しみず》澄博士が投身自決された。

新憲法が日本の歴史を無視し、連合国から押しつけられたものであり、天皇をロボット化するものであることに怒りと不満を抱いて自決された。

自決ノ辞（原文のまま）

新日本憲法ノ發布《はっぷ》ニ先ダチ私擬《しぎ》憲法案ヲ公表シタル團体《だんたい》及個人アリタリ其中《そのなか》ニハ共和制ヲ採用スルコトヲ希望スルモノアリ或《あるい》ハ戦争責任者トシテ今上陛下《きんじょうへいか》ノ退位ヲ主唱《しゅしょう》スル人アリ我國ノ將來ヲ考へ憂慮《ゆうりょ》ノ至リニ堪《た》ヘズ併シ小生微力《びりょく》ニシテ之ガ對策《たいさく》ナシ依テ自決シ幽界《ゆうかい》ヨリ我國體《こくたい》ヲ護持《ごじ》シ今上陛下ノ御在位ヲ祈願セント欲ス之小生ノ自決スル所以《ゆえん》ナリ而《しか》シテ自決ノ方法トシテ水死ヲ択ビタルハ楚ノ名臣屈原《くつげん》ニ倣《なら》ヒタルナリ

元枢密院議長　八十翁　清水澄

＊

この巻頭の言葉を脱稿《だっこう》した瞬間、すさまじい大地震、それに伴う恐ろしい大津波が発生、さらに福島第一原発のトラブルと続き、国中が揺れている。

説いてきたような憲法の対応しかできない民族では、他国の侵略行為に確固たる対応ができないどころか、今回のような大震災に襲われたら、自衛隊を不遜《ふそん》にも「暴力装置」とまで発言した現政権が、十万の自衛隊出動に加え、予備自衛官を招集して投入しなければならない現実がやってきた。

甲斐甲斐《かいがい》しく黙々と復興のための懸命の働きをしている自衛隊は、この憲法の桎梏《しっこく》のもとに泣いている。

第三章

先人に学ぶ

1 友に求めて足らざれば天下に求む 天下に求めて足らざれば古人に求めよ

求める心の強さ

米百俵で有名な越後長岡藩士・河井継之助《かわいつぐのすけ》は、西に学ぶべき師ありと、備中《びっちゅう》松山藩（現在の岡山県高梁市《たかはし》）の山田方谷《やまだほうこく》を三度訪ねた。

方谷は佐久間象山《さくましょうざん》（信州松代藩士・吉田松陰の師）とともに佐藤一斎門下の二傑と言われた人物であった。藩政立て直しで有名な米沢藩の上杉鷹山《うえすぎようざん》や、松代藩の恩田杢《おんだもく》を凌駕《りょうが》するような傑物であった。傾いていた備中松山藩の財政を見事に立て直し、住民の生活の安定を図《はか》り、教育に力を注ぎ、多くの人材を育てた。

その実績を明治新政府に高く評価され、朝敵《ちょうてき》の側に回った方谷でありながら、新政府の重職に請われたことでも、その実力の程が窺《うかが》えよう。

ところが、方谷は継之助の切なる入門願いを二度までも拒んだのだ。いまでも新潟の長岡から岡山の高梁までは、新幹線で岡山駅に到着後、さらに伯備《はくび》線に乗り継いで五十分ほどかかる。方谷に二度も断られて、とぼとぼ長岡まで帰る失意の河井継之助の気持ちを忖度《そんたく》すると、いまでも心が痛む。

三度高梁を訪ねて、ようやく方谷から入門を許された。この河井継之助の、いかなる苦節にも耐えて目的に到達するまでやり抜く「求める心」の強さには、ほとほと感服せざるを得ない。

この時代の師弟の間には、ほとんどにこの方谷と継之助のような心の結びつきがあったのではないだろうか。

このような関係の中で学ぶとすれば、継之助が、師たる方谷の説く片言隻語《へんげんせきご》といえども（一語たりとも）逃すまいと心いっぱい、体いっぱい学び取ろうと必死になるのは当然ではないだろうか。

師匠から弟子の学び取る量《かさ》は、弟子の「求める心」の強さに正比例するものである。

それに比し、世間の眼を気にして、形だけを整えようとするさもしささえ漂う昨今の学びの態度では、学びの実りが充実するはずはあるまい。

学ぶべきは本質

山田方谷は、河井継之助との別れに『陽明学全集』を金四両で譲り、その全集に「王文成公全集の後に書して河井生に贈る」としたため、千七百余字に及ぶ長文の激励の書を贈った。

「王陽明の真の精神である〝至誠〟を忘れていくら陽明の過去の偉大な事蹟を学んでも定石《じょうせき》にはなり得ない。現代にそのまま当てはめようとしても無理がある。

学ぶべきは陽明学の本質であり、修行して自分の心を磨き上げることである。つまり、その根本は、至誠にもとづき、万物一体の仁から出ているのである。このことを理解した上で、王陽明の事業や功績に学んで実行するならば、志は経済に一方的に走らず、徳の恵みも自然に物に加えられ、事功を口にしなくても、事業は自然に確立されるであろう。この全集をこのような心得で学ぶと、大きな成果が得られるのだから、金四両の本代など無駄ではないはずだ。河井よ、この理《ことわり》をよく理解し努力してもらいたい」

尊大な人と言われていた継之助も、高梁川《たかはし》の対岸で見送るこの師方谷の心のこもる態度に、何度も跪拝《きはい》（膝《ひざ》を地につけて拝む）して去ったそうだ。

心に響く数々の箴言

この方谷や弟子たちとの話が継之助の旅日記『塵壺《ちりつぼ》』に盛られている。

（一）聖賢の訓《おしえ》によれば、人間は温（おだやかさ）、良（すなおさ）、恭（うやうやしさ）、倹（つつましさ）、譲（けんそん）の五徳が必要。

（二）財政改革と文武の振興の双方をしなければ、真の富国強兵にならない。

（三）誠心より出ずれば、あえて多言を用いず。

そして冒頭の「友に求めて足らざれば天下に求む、天下に求めて足らざれば古人に求めよ」などなど、方谷が心の底から継之助に説いた箴言《しんげん》（大切な教訓）は、平成のいまもなお人の胸を打つ。

2 読書の喜び

吉田松陰の影響力の源

「万巻《まんがん》の書を読むに非《あら》ざるよりは、寧《いずく》んぞ千秋《せんしゅう》の人たるを得ん」

【訳】沢山の書物を読破するのでなければ、どうして長い年月にわたって名を残す、不朽の人となることができるだろうか。できはしない。（『吉田松陰一日一言』致知出版社）

時は三月一日午前三時。筆者は大抵、毎朝四時頃起床し、約一時間前日の新聞の切り抜き整理をし、それから致知出版社が出してくれた吉田松陰、安岡正篤《まさひろ》、森信三など先哲の語録《ごろく》のその日の教えを声を出して学ぶ。

今朝は『致知』五月号「巻頭の言葉」の締切日なので、気にかかっていたと見えて一時間ほど早い目覚めであったようだ。

その余裕で読書についての教えを探ってみた。

一月十四日

「凡《およ》そ読書の功は昼夜を舎《す》てず、寸陰《すんいん》を惜しみて是《こ》れを励むに非《あら》ざれば、其《そ》の功を見ることなし」

安政三年五月二十六日「講孟劄記《こうもうさっき》」

【訳】だいたい、読書の効果というものは、昼となく夜となく、ちょっとした時間でも惜しんで励むのでなければ、その効果を上げることはできない。

四月五日

「書は肯綮《こうけい》を得るを貴《たっと》ぶ」

安政三年三月二十二日「講孟劄記」

【訳】読書というものは、その「急所」の意味をよく理解して、自分のものとすることが大切である。

十一月二十七日

「天下国家の為《た》め一身を愛惜《あいせき》し給《たま》へ。閑暇《かんか》には読書を勉《つと》め給へ」

安政四年九月二日「桂小五郎あて書簡」

【訳】天下国家のために、どうか御身《おんみ》を大切にして下さい。暇な時には、しっかり読書に励んでください。

吉田松陰は、筆者の故郷の佐久間象山の高弟であるが、無類の読書家だったという。

あの若さでこの世を去ったのに、いまの世にこれだけ大きな影響力を持つのは、まぎれもなく彼の四書五経をはじめ、万巻の書から学んだことが泉の如《ごと》く湧き出ていたからであろう。
桂小五郎に国家への奉仕を説くとともに、読書のすすめをしているところが、いかにも松陰らしい。

わが青春と読書

筆者も八十数年間この世に生を享《う》け、たった一つ他人様に誇りうることは、万巻の書の中に常に生き、それに学び続けてきたことぐらいであろう。子どもの頃から「本の虫」と呼ばれるほど本が大好きであった。四人の嫁いでいた姉たちが盆、正月やお祭りに里帰りする時のお土産は、必ず偉人伝などのような本の類《たぐい》であった。

読書の量が多いと、子どもながら表現力が向上するものらしい。全国児童綴方《つづりかた》コンクールで、永井柳太郎文部大臣賞をいただき、校長先生から全校生に発表された。

ますます有頂天になり読書にはまっていった。

陸軍士官学校時代辛《つら》かったことは、激しい訓練でもなく、極めつきの空腹でもなかった。読む本の選択の自由のなさと読書の時間のまったくないという厳しい環境が、堪《たま》らないほど辛かった。

終戦後、学んだ旧制高校は、まさにその逆のような世界であった。どくとるマンボウの北杜夫《きたもりお》や、辻邦生《つじくにお》などと同じ時代であった。

独身寮で、はたまた下宿で布団をかぶって、ただひたむきに読書に耽《ふけ》った。あらゆる書物に沈潜《ちんせん》し、人生を究め、人間の奥行きと幅を創《つく》ると豪語していた。読書は全国すべての旧制高校に通ずる事柄であった。

その結果、第一高等学校の藤村操《ふじむらみさお》は哲学に没入。「人生不可解」と日光華厳の滝に投身自殺。

ドイツ語仲間の服部君は山こそ人生とアルプスに挑戦した末遭難し遺体も分からず、折井君はシベリア密航に挑戦したあげく自ら生命を絶ったが、この二人もすさまじいまでの読書家であった。

書中にある無上の楽しみ

十二月十日

「黄巻《こうかん》時々披《ひら》き且《か》つ読めば、自ら忻《よろこ》ぶ至楽《しらく》斯《こ》の中に在るを」

弘化三年二月二十七日「早春、分かちて韻微《いんび》を得」

【訳】書物を時々開き、そして、読めば、自ら書中に無上の楽しみがあることが嬉《うれ》しい。

とさえ松陰先生は喝破している。

我が国の現状は豊かさ溢《あふ》れ、活字離れが進んでいる。筆者はそれを憂えて数年前から故郷の各学校に「中條文庫」をつくり図書を贈り続けている。

読書の喜びを感じた子どもたちからの礼状の数々が次々と届く。それが筆者の人生至上の喜びを倍加してくれている。

3

水の五訓

——水は人生を語る

水なくして生物は生存できない

スマトラ沖地震によるプーケット島の悲惨な津波事故も水のなせる災いであった。この度の東日本大震災も津波という水のもたらす恐ろしさを人類に説いた。だが、地球上の生物は水なくして生存はできない。人間の身体の七、八割もまた水である。

我が国ではほとんどの地方で清冽《せいれつ》な水が湧き出ている。天下の名水と誇る湧水が多い。

大きな資源と言わねばならない。

先年はお釈迦《しやか》さま生誕二千五百五十年に当たり大きな祭典が印度で催された。それに招かれインドを旅してきた。一切水を飲んではならないと多くの人から注意されながら、結局はお腹をこわし、改めて日本の水の素晴らしさに気づいた次第であった。

我が国では人口が限りなく減っていくが、地球全体では増えつづけやがて八十億に達するという。最大の課題は食糧と水不足と言われる。黄河の水も涸《か》れはじめたと報じられている。わが国でも、米の生産にとどまらずダムのような貯水の役割を果たし、しかも代表的な日本の原風景であった棚田《たなだ》が消えつつある。

国土の八割を占める山の森林も、木材の採算が合わないこともあり、荒れてきている。この森林は棚田と同様、雨水を蓄える働きをする。河川を生かすには川上を守れとの格言がある。

筆者も島崎藤村で有名な千曲川《ちくま》のほとりで生まれた。平成の大合併で市の名前まで千曲市になった。その記念に、この格言を実践しようと源流と言われる南佐《みなみさ》久《く》の川上村（藤原忠彦村長）に三千本のブナを植えてきた。

水からの学び

先述したように、生きとし生ける者、とりわけ人間にとって水は最も大切なものである。人生を閉じる時ご厄介《やっかい》になる水を「末期《まつご》の水」とも「死に水を取る」ともいう。戦場に斃《たお》れる兵士にも、残り少ない水筒の水をあげてあの世に送る。広島の原爆を体験した人たちは、「末期の水を求める被災者の凄惨《せいさん》な声が耳を離れない」といちように語る。

このように人類にとってかけがえのない大切な水だけに、水に関する教訓がたくさんある。兵法の『孫子』の中にも「兵《いくさ》は勢《いきおい》なり」と勢いの大切さを水を用いて説く。

「激水《げきすい》の疾《はや》き　石を漂《ただよ》わすに至る者は勢なり」（『孫子』勢篇）。

静かに澄む水も、一度激すると巨岩を押し流す。これを勢いという。

「水は方円の器に随《したが》う」という。自分を主張せず、すべてに柔軟に順応しながら、自分の本質を失わない老子の水哲学を、先人が見事にまとめ上げられているのでご紹介しよう。

水の五訓

一、自ら活動して他を動かしむるは「水」なり。
※水は百年、千年流れて峡谷を刻み、千丈の滝をつくる。洪水、大雨は、文明の利器たる新幹線もストップさせ、家屋まで押し流す。水の力は、人の力をはるかに超える。今度の大震災の津波は、自然を征服しえたような錯覚に陥っていた地球上の人類に如何に無力かを惨酷にそして強烈に語ったものと

いえよう。（※印筆者註）

二、常に己れの進路を求めてやまざるは「水」なり。

※水は必ず低きを選び、低きにつく。より低い己れの道を求めてやまない。限りない「謙虚さ」を示す。

三、障害にあって、激しくその勢力を百倍しうるは「水」なり。

※流れる水を止め貯水し、一気に流し、発電し百倍千倍の力とした。富山で発電所を造る時、水が百倍の力の電力に化ける理《ことわり》の判《わか》らない住民たちの強い反対があったと聞いたことがある。

四、自ら潔《いさぎよ》く、他の汚濁《おだく》を洗い、清濁《せいだく》併《あわ》せ入る度量あるは「水」なり。

※清らかな水も、濁れる水もなんの文句も云《い》わずにただ流れるままの姿は、与えた恩は水に流し、受けた恩は石に刻むべしと説いているようだ。

五、洋々として大海を満たし、発しては霧となす。雨雪《うせつ》を変じ霰《あられ》と化す。凍っては玲瓏《れいろう》たる鏡となり、しかもその性を失わざるは「水」なり。

※さまざまな水の態様は、人生を達観せよと語っているようでもあり、無言にして人生の輪廻《りんね》を説いているようでもある。その性を失いはしないが、「ゆく河の流れは絶えずして、しかももとの水にあらず」（『方丈記』）の如《ごと》く、水は時の移ろいをも語る。

このように水はわれわれの人生そのものです。

明治天皇御製として「器にはしたがひながらいわがねもとほすは水の力なりけり」とお歌いになり、また昭憲皇太后の御歌は女子学習院の校歌「水は器」となっている。

水は器に従いてその様々になりぬなり
人は交る友により善きに悪しきに映るなり

己に勝る良き友を選び求めて諸共に
心の駒に鞭打ちて学びの道に進めかし

中国の李白も「黄河」と題し「君見ずや黄河の水天より来り奔流して海に到りて復回《またかえ》らざるを」と詠んでいる。

この度の恐ろしい津波も鴨《かもの》長明《ちょうめい》の筆（『方丈記』）にかかれば「ゆく河の流れは絶えずして、しかももとの水にあらず。淀《よど》みに浮かぶうたかたは、かつ消えかつ結びて久しくとどまりたる例《ためし》なし。世の中にある人と栖《すみか》と、またかくの如し」と人生を語るのである。

4

「気づき」が人生の勝負を決める
――真剣さが「気づき」を生む

塩沼亮潤師の講話

先頃、致知出版社の木鶏《もっけい》クラブの催しで、吉野の金峯山寺千日回峰行《きんぷせんじせんにちかいほうぎょう》を果たした塩沼亮潤《りょうじゅん》師（仙台市秋保《あきう》の慈眼寺《じげんじ》住職）の講話を聴いた。金峯山寺千数百年の歴史の中で、この荒行《あらぎょう》を行ったのはたった二人という。

九年間続ける行《ぎょう》の間の挫折は、その理由が病気であろうが、怪我《けが》であろうが、ことごとく死を意味するのだという。

当日は、自刃《じじん》のため身に携行する短刀も持参された。

演壇にその時のままの姿で登場された塩沼師は、眼だけは限りなく澄んで若々しかったが、筆者の半分程の年齢でありながら冒し難い崇高な雰囲気が漂うていた。

あたかも帰還を期待できない戦場に赴く指揮官のごとく感じたのは、筆者だけではあるまい。


平成三年五月三日（奇《く》しくも筆者の誕生日）、下痢、発熱に襲われ文字通り死出の旅を覚悟したという。

「どんなに辛《つら》くとも、苦しくとも岩にしがみついてでも、砂を嚙《か》むような思いをしても立派になって帰ってきなさい」

との母の言葉が耳の底に聞こえてきて、挫折せずに行を全《まっと》うできたという。

吉野の山にはマムシがいる。毒蛇《どくじゃ》に咬《か》まれたら万事休すである。

「夜中の山中でマムシの存在がどうして判《わか》るのですか」

との筆者の質問に答えて曰《いわ》く、

「自分しか自分を守る者がいない境地は、全身これ神経となってマムシの存在を自《おの》ずと感ずるのです」

と。筆者は電気に打たれたようになった。

真剣に生きる場に神仏は気づきを与える

また、塩沼師はこの荒行の後「四無行《しむぎょう》」に挑まれた。

即《すなわ》ち「眠らない、食べない、飲まない、横にならない」である。


特に水を飲まないことが苦行中の苦行であり、生命の危険まで伴う。人間は、一定の水分が体内にないと血液濃度が著しく濃くなり死に至る。医者がついているわけではない。身を守るのは自分しかいない。

師は、生き抜くためには小便すら一日に二度しか許されないと気づく。真剣に生きる場には、神仏が必ず「気づき」を与えてくれるものなのだ。

国《くに》、民《たみ》、富を著しく積むも国を守ることをも忘れ、仁義地に墜《お》ち、礼破るるの現身の危機すら全く気づかぬこの国の姿が気になったのは、筆者一人ではあるまい。


そして師の話を聞きながら、筆者は陸士時代の先輩が語ってくれたことを想起していた。

敵状を探るために斥候《せっこう》(偵察兵)を出す。

敵の動向の発見が遅れれば、部隊の全滅につながる。さりとて自分が敵に発見されれば即射殺される。

斥候という特殊任務に就くと、「全身これ神経」になり、見えないはずのものが見え、聞こえないはずのものが聞こえてくるという話と塩沼師の体験話が重なった。

「ひとりよがり」から「お客様がすべて」へ

さらに筆者のことで恐縮だが耳を貸してほしい。戦前の日本のビール業界を支配していた大日本麦酒は、占領軍に分割された。キリンは小なるが故に分割を免れた。

分割の破壊力はすさまじい。筆者がアサヒビールの指揮を命ぜられた頃はシェアが十パーセントを切っていた。

この状況を見て世界の権威ハーバード大学は、六割を超えたキリンビールのトップの座は絶対ゆるがないと説いていた。

アサヒビールは業界の限界企業として喘《あえ》いでいた。

専売特約店で潰《つぶ》れる店が相次ぐ。それまで協力してくれていた酒屋、飲食店も離れていく。

従業員すら社章をつけてＰＴＡに行くのが恥ずかしいと悲鳴をあげる。自分から言うのも憚《はばか》られるが、あたかも死地に赴く指揮官のおもむきであった。とても塩沼師の荒行とは比較すべくもないが、されどすさまじいまでに苦しかった。切ないまでの日々であった。

その苦節の日があったからこそ「生ビールなら勝てる」と気づくことができ、それまでの「ひとりよがり」（プロダクト・アウト）から「お客さまがすべて」（マーケット・イン）を気づかせてくれた。この心が師の称える「人生生涯小僧のこころ」に通ずる。

この日、満堂の聴衆は法悦《ほうえつ》の境にあった。

筆者も若い師に対し自ずと合掌していた。師の荒行は凡人の到底なし得るものではない。

人生を歩んでいると、挫折の日はしばしばやってくる。その挫折の苦しみから逃げようともがくのではなく、「挫折は成功の母」くらいに明るく生き抜いてほしい。

師の著書『人生生涯小僧のこころ』（致知出版社）はその優れた指南書といえよう。

5

逆縁に散った若桜たち

尊い犠牲によってもたらされた平和

我が国は六十数年も戦争のない時代が続いた。輝かしくもあり、尊い我が民族の歴史である。戦争は人類にとって極めて残酷なものであり、一切の容赦《ようしゃ》の論理を許さない。

したがって人類にとって戦争はあってはならないものである。だが、残念ながらしばしば起こる。

長く平和を享受《きょうじゅ》してきた我が国民の中に、平和を口にさえすれば自《おの》ずと平和がくるものだと安易に考えている人たちが多い。

しかし、いまいただいている平和の時代も、二百数十万余の尊い犠牲者によってもたらされたものであることを片時も忘れてはならない。

大量の「逆縁」を生み出す戦争

世に「逆縁《ぎゃくえん》」なる表現がある。

仏道に入る縁を指すのだが、一般的には年上の者が年下の者の供養《くよう》をすることをいう。

人生は不思議な道程《みちのり》である。賢者名僧といえども寸秒先の己の命脈を知り得ないし、生まれた順序のとおりに死の時がやってくるとは限らない。

ところが、戦争はこの「逆縁」の大量生産の場なのである。つまり、たくさんの若者が戦場に赴《おもむ》き、後に遺《のこ》る親、妻、子供、恋人の平安を祈りつつ、この世を去っていくのだ。しかも春秋に富んだ若者であるのに、己の命脈の果つることを覚悟して戦場に赴いて行った。

二人の遺書

「見よ落下傘」（空の神兵）の軍歌で有名なパレンバン降下作戦の指揮をとったのは陸士三十八期の甲村武雄少佐であった。

甲村少佐は、昭和二十一年三月十六日モロタイ島において戦犯として銃殺された。時に四十一歳であった。

某部隊がオーストラリア軍の捕虜を死刑にした事件に連座して死刑の宣告を受けたものであった。

＊

遺書　夢にだに思はざりき

一、大東亜の聖戦も敗戦に終りしは誠に一大痛恨事にて、罪は一億国民斉《ひと》しく御奉公の至らざりしに依《よ》るものにして此の点国民深く反省すべきものとす。小生七生報国《しちしょうほうこく》を期しあり。子供達にも克《よ》く言ひきかせ被下度《くだされたく》し。

二、全く小生の職務上の連座《れんざ》事件にして、直接の関係者にあらず、自分の良心の呵責《かしゃく》全く無く明鏡止水《めいきょうしすい》の心境なり。この点子供達によく話し、父は全く正しき武人たりし事を知得《ちとく》せしむると共に、職務上の責任に依り止むを得ざりし事と知らしめ、今後子供達教育の資たらしめ将来共正しく直《なお》く明るく成長せしむる如く教育せよ。

三、戦争犯罪者として濠軍《オーストラリア》より遇せられあるも何も罪を日本国家に負ひしものにあらず。正しく日本国の為全能力を発揮して奉公せしも敗れたるを如何《いかん》せん。

小生軍人の一生を顧み初一念《しょいちねん》を貫き、御奉公の一端を致せし事特に其の最後に於て参謀として終るは満足なり。

四、小生なき後子供の教育につきては一入《ひとしお》ご心労多き事と存ずるも子供をして眞の日本人として生長に努められ度《たく》。子供達の今後の順調なる成長を見、将来を刮目《かつもく》しあり、而して《しこう》教育には柔剛並行教育を肝要とすべく厳格なる父親の役目を忠夫兄に依頼せよ。

五、其の許殿《もとどの》（妻のこと）十有余年間小生に致せし誠に対し愛敬と感謝を捧ぐ。

君のため捨つる命はおしからず
　モロタイ島の露と消ゆとも

＊

また、海の落下傘部隊メナド降下作戦の指揮官の堀内豊秋中佐（海兵五十期）もまったく同じ運命をたどり、オランダの軍事法廷で銃殺刑に処せられた。堀内中佐の遺書の一部を紹介する。

＊

一誠よ、その他の子供達よ。父は国家の犠牲となって散るのだ。桜花よりも清く少しの不安もない。兄妹力を協《あわ》せ母上に孝養尽せ。不幸な妻よ部下の散ったメナドで白菊の如く美しい態度で散るのだ。年寄った母上様、どうか先立つ因縁《いんねん》を許して下さい。

＊

このようにして終戦時、千名余の若者が、まともな裁判すら受け得ずに、「逆縁」の運命を恨むこともなく、後に遺《のこ》る者たちの幸せをひたすら祈ってあの世に旅立ったのだ。いま、平和を享受する国民のすべてが、この英霊たちに報恩感謝の誠を捧げることを怠ってはならない。

合掌

第四章 歴史を忘れた民族は滅びる

1 縦糸と横糸の織り成すもの

――わが民族の恥の文化の成立

皇室を中心に綴ってきた縦軸

ベトナム視察団長として訪越した際に、繭《まゆ》から糸を紡《つむ》ぎ、この生糸を染め、機《はた》織《お》りしているのをつぶさに見てきた。

そういえば、富国強兵策を唱えた明治政府も資源はまったくなく、輸出のトップは生糸であった。

その後、明治五年に明治新政府が造った富岡製糸場を世界遺産にしようとの催しがあった。だから戦前は、養蚕《ようさん》の盛んであった信州や群馬あたりでは機織りはよく目にした光景であった。

まず木製の機織り機に縦糸を張る。筬《おさ》にはめ込んだ横糸を左右に運んでタントンタンタントンと織り成すのである。織り布の誕生である。

綺麗《きれい》な模様の絹の織物の誕生に目を見張る団員たちに筆者は「これぞ日本の姿だ」と咄嗟《とっさ》に叫んでいた。

我が民族が綴《つづ》ってきた縦糸は、地球上他に類を見ないほど長くかつしっかりしたものだ。

その民族の縦糸の中心に皇室があり、その皇室の縦糸の長さは確かな史実でも千四百年も遡《さかのぼ》りうる。しかも外国によくあったコンカラー（征服者）ではなく、神話の中から民をしらすべく神託を受けて誕生してきた。だから国民を「おおみたから」と呼ばれてきた。

古来、わが民族は異常なほどに先祖を敬ってきた。親たちは子や孫に、古い家柄を誇り、ご先祖様の名を汚してはならない、墓参りをしっかりしなさいとうるさく説いた。田舎に行くほど素晴らしい仏壇があり、花嫁もまず仏壇にお参りし縦糸への参加を誓う。

歴史認識などを終始うるさく言う中国は歴史こそ長いが、各王朝が易姓《えきせい》革命を繰り返し、縦糸はズタズタに切れている。

一方、わが民族の歩んだ歴史を見ると、六世紀に仏教が伝来しても、もともと歩んできた神惟道《かんながらのみち》を捨てるでもなく、新渡来の仏教を徒《いたずら》に排斥するでもなく、神仏習合の生き様を見出し、ますます縦軸を強くしてきた。

全員参加によって構築した横軸

また、わが国は豊葦原瑞穂《とよあしはらのみずほ》の国と呼ぶように、わが民族は古来、稲作に従事してきた。

最近、世界中が声高に地球との共生を叫ぶが、わが民族は稲作ゆえに古くから地球とともに、自然とともに生きてきた。

田植えは全国各地に田植え唄があるのでも分かるが、隣近所が皆手伝ってやる。

台風や地震も昔からあったはずである。いまのような予知情報はまったくなかった。収穫寸前に突然襲った天災は、自分たちでは到底処理できない神の制裁と捉《とら》えたに違いない。いま様に言うならば、筑波大学名誉教授・村上和雄氏の説くサムシング・グレートの意志というところか。

そしてまた、自分の努力で豊年満作を迎えても、神の恵みと謙虚に生きてきた。氏神《うじがみ》を祀《まつ》りそれを感謝した。収穫感謝祭が祭りの原点である。

境内の掃除も、祭りの準備も村人全員で行った。祭りの費用も奉賀帳《ほうがちょう》（寄附名簿）が回り、祭りの御輿《みこし》も氏子が総出で担いだ。

それどころではない。自警団をつくり保安に当たり、消防まで村民たちで編成した。

これらを拒めば「村八分」にされるほどすさまじいまでの横軸の構築である。だから、戦前の田舎では隣の家の戸棚の中が分かったとさえいわれたものだ。

失われた絆を取り戻せ

このように世界類稀《たぐいまれ》な縦軸と横軸で織り成された日本の歴史、日本の文化の基調は「恥」であった。

先祖がよく見えるから先祖の名を汚してはならない、子孫に恥を残してはならない、隣の人や裏の家から笑われないようにするという精神作用がしたたかに生まれた。

士農工商といわれ、社会的ステータスの最も高かった武士たちの自覚が我が民族の恥の文化を「武士道」にまで昇華したのである。

戦前世界の識者たちをうならせてきた「武士道」の国の面影《おもかげ》は、いまやまったくない。

昨今、いまわしい事件が頻発《ひんぱつ》するのはなぜなのか。筆者は、戦い敗れた六十余年前、時の占領軍が「歴史、地理、修身」を教えてはならないとの昭和二十年十二月三十一日の指令に最も大きな理由があるとみる。

「国を滅ぼすには武力はいらない。その国の歴史を消せばよい」との説さえある。有色人種でありながら日本国が世界の五大国になり得たのは、突き詰めればこの縦軸、横軸の織り成す世界稀なる結合体であり、恥の文化・武士道の国であったからである。

勝ち組が、負け組たる我が国の最も勝《すぐ》れたところを消去しようと努めるのは、兵法の常であり当然といえよう。

占領から解放された昭和二十七年四月二十八日、つまり主権を回復した日からの生き様が間違っていたのだ。

徒《いたずら》に個の主張にはしり、公を忘れ、権利を主張するに急で義務を説くことなく、縦軸も横軸もズタズタに切れているのだ。縦軸、横軸の再構築のためには、いち早く民族の絆、家族の絆《きずな》、親子兄弟の絆を取り戻さねばならない。

教育、とりわけ家族の躾《しつけ》を徹底すれば、日本に再び陽《ひ》が昇るであろう。

2 世論を超えて決断する日

──歴史に学ぶ宰相・指導者の決断の実相

世論と向き合った指揮官

組織で方策を決定する時に、役員会の多数決で決めるのであればリーダーはいらない。指揮官《リーダー》は時として、少数意見に進む判断をする場合がある。

自分の判断が組織の運命を決め、社員の禍福《かふく》に直ちに連なると考えると、神仏に祈る境地になる。我が一命を捧《ささ》げてもいいから、この道正しかれと祈りの境地になる。

つまり決死の形相《ぎょうそう》である。指揮官は決断のためにのみ存在する。

独裁者が支配する国家ならいざ知らず、自由にして民主的な国家においては民意を尊重し、世論に耳をかすことは至極当たり前のことである。

近現代史の中から、宰相や指揮官たちはどのように世論と向かい合い、その中でどう決断したか探ってみよう。


我が国の歴史上のコペルニクス的転換といわれる日露戦争（一九〇四〜一九〇五）における三月十日の奉天戦は、日本陸軍の大勝利であった。戦前、戦中はこの日を「陸軍記念日」と呼び、慰霊し、戦勝を讃《たた》える日であった。

その奉天戦の総指揮官は大山巌《いわお》元帥であった。彼は実際の作戦指揮はほとんど児玉源太郎総参謀長に任せていた。


その時の軍には、勝利の勢いに乗じて一途《いちず》にロシア軍を追撃し、圧倒し、殲滅《せんめつ》せよとの気運がみなぎっていた。そして逸《はや》ってもいた。

前線の戦況を知った銃後（戦場に対して内地をこのように呼んでいた）の国民も戦勝に酔って盛んに戦いを煽《あお》っていた。尊い幾多《いくた》の犠牲者のことや、戦費のことなどは、軍やマスコミの煽りによって忘却の彼方《かなた》へ消え、世論が戦争の煽りの主人公にすらなった。

そのような圧倒的な戦争遂行の世論にもかかわらず、大山総司令官は児玉総参謀長の東京大本営への出張を命じた。奉天戦勝利に軍民浮かれている最中に、終戦工作のため総参謀長を東京へ派遣したのだ。明治政府もこの開戦に当たって、「この難しい戦争はせざるを得ないが、この国力では長くは戦えない」との冷静な判断は持っていた。

その斡旋《あっせん》役はセオドア・ルーズベルト米大統領が適材と判断し、彼とハーバード大学の同窓の金子堅太郎をワシントンに派遣した。

歴史が説く如《ごと》く、ルーズベルト大統領の仲立ちでポーツマス講和条約にたどりついた。その後、軍の専門家の分析によれば、我が陸軍は奉天戦が体力的にギリギリの限度であったとの説が強い。

国を護った冷静な決断

そのポーツマス講和会議の日本全権大使は小村寿太郎であった。

三月十日の奉天戦も大勝利と酔い、五月二十七日の日本海海戦はそれこそ文字通り我が海軍の圧倒的勝利であっただけに、世論は沸きに沸いていた。マスコミの煽動《せんどう》も極端に達していた。

しかし、全権として国家の運命を担っていた小村は、産業革命以来の近代国家体制の整っている先進国の中に占める明治日本の位置を深く理解していた。日露戦による国の疲弊《ひへい》も正しく把握し、賠償金すら一切求めず講和の早期成立をひたすら望んだ。

大任を果たした小村全権を迎える世論は喧喧囂囂《けんけんごうごう》として、横浜港に上陸することすら許さない空気が覆っていた。

あまつさえ世論を煽動《せんどう》するマスコミの刺戟《しげき》によって、日比谷公園や京橋の交番の焼き討ち事件が発生した。

昭和に入っても、終戦直後の日本を背負った吉田茂首相は、全面講和を主張する東大総長らを「曲学阿世《きょくがくあせい》の徒」とすら呼んで、国益を優先したからこそ昭和二十七年四月二十八日の独立にたどり着き得たのだ。

岸信介内閣における六〇年安保の時も、学生や労組《ろうそ》を先頭に絶対反対の世論が支配的であり、毎日繰り出すデモ隊は、「岸は人非人」と罵《ののし》り、終日国会議事堂を取り巻いていた。岸信介は安保成立するや直ちに挂冠《けいかん》（役人をやめること）し首相の座を降りた。

安岡正篤氏の三原則

これら近現代史における重大事件から学ぶものは、国家の命運を担う宰相やリーダーの冷静な決断があってこそ国益が護《まも》られ、国家が保全されてきたという歴史の事実である。

もとより民主国家においては、民意に誠実であり、世論に耳を傾ける謙虚さがなければならない。

一方、世論の形成過程をよく見ると、テレビの影響が極めて大きい。真面目《まじめ》な討論から学ぶよりも、軽佻浮薄《けいちょうふはく》な番組の中でやる無責任極まる政治論評からの影響が極めて大きい。

あれを思い、これを考えると、世にいうリーダーたち、とりわけ宰相たる者は、国益のため、社会、人類のために世論を超える決断の日のあることを覚悟せねばならない。

それはいたずらに世論におもねることなく、決死の覚悟で事に当たることを意味する。

されぱこそ、世のリーダーたち、とりわけ国政に参加する政治家に安岡正篤《まさひろ》氏の考察の三原則を学んでほしい。

一、目先にとらわれず、長い目で見る
一、物事の一面だけを見ないで、できるだけ多面的・全面的に観察する
一、枝葉末節にこだわることなく、根本的に考察する

3 「カチンの森」の悲劇と我が民族のさまよい

過去と向き合うポーランド

ポーランドという国は、ロシア（旧ソ連）やドイツと国境を連ねるだけに、幾度となく侵略を受け、悲しい歴史を綴《つづ》ってきた。

そのポーランド政府専用機が墜落し、カチンスキー大統領夫妻や多数の政府高官たちが犠牲になったことは記憶に新しい。

一九一七年のロシア革命以来、共産主義陣営は鉄のカーテンを下ろして情報を遮断《しゃだん》し、粛清《しゅくせい》と称して大虐殺を繰り返してきた。特にスターリン時代がひどかった。

一九四〇年、スターリンの秘密警察《ゲーペーウー》がポーランドの二万人余の将校、エリートたちを虐殺し一掃した。

それが歴史上有名な「カチンの森事件」である。歴史は常に勝者の手で綴られるといわれるが、この事件も久しく敗者ドイツの犯行と非難され続けてきた。

ところが、ペレストロイカで共産主義から離脱したゴルバチョフ大統領が、ソ連の責任を認めたのだ。歴史の修正である。

それに呼応するが如《ごと》く、ポーランド政府も和解の道を提案し、カチン虐殺七十周年の追悼式には、トゥスク首相とともにプーチン首相がロシアの指導者として初めて出席し、犠牲者の冥福を祈った。

にもかかわらず、民族過激派でトゥスク首相の政敵であったカチンスキー大統領が、この両者で追悼式に参列したことに不満を抱き、独自に追悼しようとした際に事故が起きたのであった。

ポーランド国民はこれをどのように受け止めるであろうか。カチンの亡霊が再び頭をもたげないでほしいと切に思う。

日本人の知らない歴史

この「カチンの森」事件よりはるかに大きな悲劇が、終戦時に旧ソ連で起きたことを決して忘れてはならない。

その時、日ソ間には中立条約が結ばれていた。日本がポツダム宣言を受諾して戦争終結状態に入る間近の八月八日、ソ連軍は日本に宣戦布告して満洲（中国東北部）、北朝鮮、樺太《からふと》に侵入し、約六十万人をソ連に連れ去り、強制労働をさせ、約六万人を餓死、凍死させた。

樺太の真岡《まおか》で電話交換手を務めていた九人の若い娘たちは、市民に事の急を告げ、ロシア兵が近づくやこれまでと観念し自決していった。この九人も靖国神社に祀《まつ》られている。

筆者の陸士の先輩である瀬島龍三《せじまりゅうぞう》氏は、シベリア抑留十一年で最後の引揚者であった。北方四島もその時不法占拠されたのである。

まさに戦時国際法違反であり、人道上も許されざる蛮行《ばんこう》であった。

民族の力の衰えを憂える

それから六十六年。北方四島はいまだに返っていない。竹島が韓国の実効支配下にあるのに解決し得ない。拉致された人たちの解決もできない日本。「カチンの森」のポーランドと比べて経済大国日本の外交力の弱さを感じざるを得ない。つまり民族力が衰えているのだ。

作家の曽野綾子氏が『産経新聞』に書かれていたが、聖心女子大生四十一名中二十名が日本が英米と戦ったことを知らなかったという。その程度の認識しかない人たちも国政に参加してきている。

たった八か月で首相の座を投げ出した鳩山氏らも、あまりにも近現代史の学びが浅い。

恐るべき我が国の実態である。自国の歴史を忘れた民族は滅びていくのだ。

4　「カルタゴの平和」と「人間の鎖」

民族の誇りを取り戻す

我が国は先の大戦に敗れてすでに六十六年の月日を重ねてきた。その間、想像もできないほどのどん底から立ち上がり、奇跡のように世界の経済大国になり得た。

世界の人々が驚くほどの蘇《よみがえ》りなのに、生まれた自分の国に誇りを持ち得ない人があまりに多く、その国民が選択した新政権も大きく揺れている。国益を代表して事に当たる首相の「不作為《ふさくい》」（しないこと）と「遅疑逡巡《ちぎしゅんじゅん》」（尻込みをすること）が目立つ。

戦場では優柔不断は断じて許されないと説く有名な兵法がある。
「為《な》さざると遅疑するとは、指揮官の最も戒《いまし》むべき所とす。是此《これこ》の両者の軍隊を危殆《きたい》に陥らしむること、その方法を誤るよりも更に甚《はなは》だしきものあればなり」（「作戦要務令」）

時の権力はしばしば、国家にとって「負《ふ》の方向」に進むことは歴史が説いている。

筆者の若い頃、
「権門上《けんもんかみ》に傲《おご》れども……社稷《しゃしょく》（国家・社会）を思う心なし……」（「昭和維新の歌」）という歌が流行《はや》っていたが、権力が「負の方向」に流れていたことへの抵抗の歌であった。

今日（平成二十三年一月三十日）の致知出版社・新春特別講演会に、全国から千三百余の熱烈な読者が集まってきた。「人間力を高める」という課題の学びであっただけに、説く者も、学ぶ者も真剣で熱く燃えていた。そしてこの国の行方《ゆくえ》に心痛める発言も多く聞かれた。

人間力を身につければ、大言壮語《たいげんそうご》しなくとも「国の行方」や「民族の生き方」が気になってくるものなのだ。正しく生きる「生き様《ざま》」に気づくのだ。

ローマ帝国とカルタゴの末路

筆者は、熱っぽく語りかけてくる読者に囲まれながら、ポエニ戦争でローマに敗れて民族が消滅していった「カルタゴ」のことと、バルト三国の「人間の鎖《くさり》」のことがしきりと頭に浮かんできた。（拙著『おじいちゃん戦争のことを教えて』致知出版社刊に詳述）

「カルタゴの平和」という言葉がある。

ご承知の方も多いと思うが、ローマ帝国時代、貿易で富を築いたいまの日本によく似たカルタゴという国があり、ローマと三回にわたって戦った。これをポエニ戦争という。第二次戦では名将ハンニバルが現れ、ローマ危うしの場面もあったほどであった。

しかし、どうしても地中海の覇権《はけん》を握ろうとするローマは、第三次戦でカルタゴの女、子供まで惨殺《ざんさつ》して、あわれ民族のすべてが消えた。いまのチュニジアの地である。

征服したローマもいまは遺跡しかない。

民族滅亡の三原則を心して聞け

バルト海沿岸のエストニア、ラトビア、リトアニアの三国を「バルト三国」と呼ぶ。

この三国の辿《たど》った歴史は、地を接する大国からの侵略の繰り返しであり、それだけでも四方海に囲まれ、ほとんど他民族に侵《おか》されることのなかった海洋国家たる我が民族のありがたさが身に沁《し》みるはずである。

近現代に入ってからもバルト三国はソ連に突如占領され、民族の独立はおろか、思想、言論の自由もまったくなく、優れた人材や独立論者の生命《いのち》は粛清《しゅくせい》の名のもとにことごとく消されていった。

そうした中で、バルト三国の人たちは「我が民族の未来は自分たちの手の中にしかない」と叫んでお互いに手を結び、それを「人間の鎖」と呼び、バルトの道を繋《つな》ぎ続けたという。

また、リトアニアには「十字架の丘」があるという。撤去され続けても次々と捧《ささ》げられる十字架が山となり、「十字架の丘」と呼ばれるようになった。圧政から逃げ出したい、自由が欲しいとひたすら十字架に祈るしか手段がなかった民族の切なさが伝わってくる。

ソ連が崩壊し、このバルト三国がそれぞれ独立し、この「十字架の丘」が世界遺産になった。我が国が一九〇五年の日露戦争に敗れていたとしたら、ほぼ五百年かけて全地球で白人国家が、有色人種の国々の植民地化政策は完成していたはずであり、我が国もロシアの領土にされ、このバルト三国と同じ運命を辿ったに違いない。

迷える日本人よ。自分の国を自ら守ることを忘れた日本民族よ。世界の歴史が説く民族滅亡の三原則を心して聞けと叫びたい。

一、理想（夢）を喪《うしな》った民族

一、全ての価値をもので捉え、心の価値を見失った民族

一、自国の歴史を忘れた民族

エピローグ

感性が理性を超克する瞬間

ICU（集中治療室）から消えた男の物語

突然の宣告

人生の終末にきて極《きわ》めて得難い体験をしたので、親愛なる読者に率直に伝えたい。

筆者の早朝の行《ぎょう》ともいうべき靖国詣《やすくにもうで》は、四十数年に及ぶ。筆者の現在の最も重い役割は、国家のために身を捧《ささ》げ、その靖国神社に眠る二百四十数万柱《ばしら》の「英霊にこたえる会」の会長職である。初代会長は石田和外最高裁長官、二代は井本台吉検事総長、三代堀江正夫参議院議員と連なる極めて重い役割である。

十月に山陰ブロック、引き続き九州ブロックの総会と強行軍が続いたゆえなのか、早朝の九段の坂を登る時、呼吸の苦しさを感じ始めていた。

だが、慣習の大声の発声、つまり深呼吸を三回重ねると胸の苦しさは消えていた。そして、強歩、逆立ち、ラジオ体操、腕立て伏せ五十回といつものメニューをこなしていた。

翌日、十月三十日の富山の講演が気がかりだったので、主治医の門を叩いた。お世話になっている阿部先生は心臓の権威だ。診断するや「これぞ心筋梗塞《こうそく》。動いてはならぬ」との冷たい宣言。

急な事態に不安がる家内と救急車に乗り込む。事態はどんどん思わぬ方向に展開してゆく。救急車の中で筆者の頭の中をよぎるものは、明日の講演のことのみであった。

この講演は尋常なものではなかった。

富山、石川両県下のロータリアンの地区大会が前年に決定された。ホストクラブは新湊《しんみなと》クラブ。その基調講演の講師選定がA氏に命ぜられた。

拙著『おじいちゃん戦争のことを教えて』（致知出版社）を読んだA氏は、彼の表現を借りると、目から鱗《うろこ》が落ち、いかに日本の歴史に疎《うと》く、戦争の真実を知らなかったかということに気づき、他の拙著を四冊も読んだ上で、この大会の基調講演の講師は絶対中條だと決めた重い経緯があった。

八十三歳、決然たる覚悟で

秘書から〝中條倒る〟の第一報を受け取った時のA氏の周章狼狽《しゅうしょうろうばい》（あわてふためくこと）ぶりが目に浮かぶようだった。直《ただ》ちに致知出版社の藤尾社長に連絡を取り、代役として渡部昇一氏、田母神《たもがみ》俊雄前航空幕僚長にお引き受けいただくよう調整をお願いした。しかし急なことであり、あいにくお二人とも予定が入っていた。

その瞬間、「乃公《だいこう》（自分・私）出《いで》ずんば解決の途なし」と別段力むこともなく、ましてや悲壮感などは更々《さらさら》なく、八十三歳の老人は富山行きを決然と覚悟した。

だがそれからが大変であった。

現代医学の良識は、このような暴挙ともいえる非常識な行動を許すはずがない。数人の先生たちの熱っぽい説得が枕辺《まくらべ》で続いた。当然のように女房、子供たちの血を搾《しぼ》るような説得も続く。

ベッドの中から筆者は、

「老人だが、現代医学を無視するほど粗野では決してありませぬ。しかし八十数年も生きてくると、説明しきれないエトバス（何か）、あるいはパッション（情熱）といっていいのかもしれませんが、そういうものが湧き上がり、身体中が燃えたぎるのです。先生方がいかに医学の理《ことわり》をお説きになろうとも、この老人の考えは絶対に変わりませぬ。お許しなければ、裸足《はだし》でも出ます」

と合掌しながら説得すること一時間余。ついに先生たちは条件付きながら外出を許してくれたのだ。

筆者は、これぞ芳村思風《よしむらしふう》、行徳哲男《ぎょうとくてつお》両先生らが説く感性が、日本医学の最高峰ともいうべき「医学の理」を超克《ちょうこく》した瞬間と見る。

溢れ出た涙

先生たちの出された条件は次のようなものであった。

一、付添人《つきそいにん》を必ずつけること

二、全行程車椅子《いす》で移動のこと

三、水を絶対飲まぬこと

四、講演は座ってやること

五、可及的《かきゅうてき》速やかに本院に戻ること

さらに先生たちは、この強情な爺《じじい》のために、直ちに講演会場に近い富山中央病院にコンタクトをとられ、筆者のカルテを付添人に託されたのだ。

その友情溢《あふ》れるありがたい行為に、筆者はベッドの中でただ合掌するのみだった。

付添人に選ばれた息子とともに、朝一番の便で富山に飛び立った。飛行機の中で、息子に気づかれないよう、私は手帳に遺書を書き記した。

「我、事において後悔せず。だが病院の先生たちに迷惑をかけた。許し給え。和歌子（妻）よ、後を頼む」

空港に出迎えたA氏は、筆者を目の前にして喜色満面。感極まって声にならない。

先生たちの約束は、しかと守った。だが座って始めた講演は、七、八分したら立ち上がっていた。付添の役割を担う血を分けた息子ですら演台に近づき得なかった。これも、感性のもたらすものなのだ。

最終便で戻った深夜の空港に、致知出版社藤尾社長と、専務・柳澤女史の出迎えのお姿を見出した時は、胸が詰まって老いの涙を抑え得なかった。

ただ一直線に病院へひた走る。当直の先生、ナースの皆さんが拍手で出迎えてくださった。

このような愛情に包まれ、十一月九日、天下の名手に五時間かけて施していただいた心臓の修復工事は無事成功。文字通りの生還を果たした。

ツギハギだらけの我が心臓だが、これからも人間学の研鑽《けんさん》に精進《しょうじん》することを誓う。

あとがき

戦前の我が国の住まいには、家族団欒の重要な場として「囲炉裏《いろり》」があった。

囲炉裏のはたに縄なう父は
過ぎしいくさの手柄を語る
居並ぶ子供はねむさ忘れて
耳を傾けこぶしを握る
囲炉裏火はとろとろ外は吹雪　　　（冬の夜）

田舎の素封家に生まれ、このような歌を唄っていた子供に「ノーブレス・オブリージュ」（地位ある者には聖なる義務あり）の真意など判るはずがなかったが、学業成績のいい者は陸士・海兵に進むのが当たり前の時代であった。

筆者は四修で陸軍士官学校に合格し、十一月三日の明治節に教育総監名で合格電報が届いた日の感動は今も忘れない。
その日信州は太陽燦々《さんさん》と輝く秋晴れだった。国家に殉ずると若き日の心に堅く誓い、見送る人も、見送られる者も郷土の栄誉、学校の誇り、家門の誉れと思っていた。

軍の統括官は天皇で、大元帥《だいげんすい》とお呼びした。最後の陸軍観兵式が十九年四月二十九日代々木練兵場（現ＮＨＫ付近）で行われた。
筆者は選ばれて玉座（天皇のご居所）の真横に陪席の栄に浴した。
明治の先人達が西洋列強から学んだ富国強兵策として明治七年に建軍された我が軍隊は敗戦によりその組織は消えた。夢大きな若者であった筆者の大挫折の日であった。任官している先輩たちは、次々と自決していった。（参考『おじいちゃん戦争のことを教えて』致知出版社）
「若者は死を急《いそ》ぐな、祖国日本の再建に努めよ」と諭《さと》された。それからは、死んだつもりで生き抜いてきた。

その後、あの苦難のアサヒの指揮を取りえたのも、この大挫折があったればこそであった。


三月十一日、国難とも言うべき大災害が我が国を襲った。大地震、大津波、原発事故の三重苦である。

常日頃、国護《まも》ることすら忘れたような政治家たち、権利の主張のみに急で義務の概念を喪《うしな》い去ったような国民に業《ごう》を煮やしていた石原慎太郎都知事は「天罰」と叫んで物議をかもした。

教養と良識を備えた石原氏が、まさに死闘を続けている被災者に対しそのような表現をするはずがない。


世論形成はマスコミの力《ちから》が大きく左右する。民主政治は数《かず》がものをいう。だからマスコミの勝《すぐ》れ者を木鐸《ぼくたく》（世人に警告を発し教えを導く人）と呼んで尊敬してきた。

石原発言が誤解を招きやすいと感じたら、徒《いたずら》にセンセーショナルにあおるのではなく筆の力《ちから》で正しく解《と》くことこそ、マスコミ本来の役割なのではなかろうか。

日本は歴《れき》とした法治《ほうち》国家である。全てを法で律《りっ》し、法自身も「正しさ」と「秩序」を求めるのが法哲学の本質である。

我が国には法律上A級戦犯は存在しない。

昭和二十八年、国会で時の野党も含めて圧倒的多数で名誉回復をし、既に死刑にされた者は「法務死」とし、遺族年金を払っている。

サンフランシスコ講和条約十一条に基づき、東京裁判に参加した十一か国の了解を得たものである。

A級戦犯で終身禁固刑の賀屋興宣《かやおきのり》氏が法務大臣、A級戦犯禁固刑七年の重光《しげみつ》葵《まもる》氏が鳩山内閣の副総理・外務大臣を勤めえたのを知れば、その手続の正しさが理解されよう。（参考『子々孫々に語りつぎたい日本の歴史』致知出版社）

立法府にある国会議員や、勝《すぐ》れ者のマスコミがこの歴史の真実をどの様に読み取っているのだろうか。判っていながら動かないとしたら、それはなにゆえか。国家はしばしば利害関係国に理不尽な主張をする。それに言い返す勇気を持たない国家は衰退《すいたい》を辿る。

国運を担う政治家や、マスコミの方々に「西郷南洲翁遺訓」を心して読んで頂きたい。

「正道を踏み国家を以て斃《たお》るるの精神なくば外国交際は全《まった》かるべからず。彼の強大（今の中国の如く）に畏縮《いしゅく》し、円滑を主として曲《ま》げて彼の意に順従する時は軽侮《けいぶ》を招き、好親却って破れ、終《つい》に彼の制（支配）を受けるに至らん」

戦後ほぼ半世紀、国護ることも忘れ安逸《あんいつ》の時を過ごしてきた我が国土を、我が民族を大災害が襲った。

眠っていたこの民族の美質がそこここに現れた。やはり森信三先生の「逆境は神の恩寵的試練」であったのだ。これを転機に我が民族は目を覚まそう。

おじいちゃんの国思う「心の旅路」は続く。

最後に、本書刊行にあたりお世話になった致知出版社の藤尾秀昭社長、専務取締役柳澤まり子編集部長、編集部の番園雅子氏に謝意を表したい。

【初出一覧】

プロローグ　日本民族どっこい生きていた　『致知』二〇一一年七月号

第一章　美徳ある生き方

1　おやじの弁当　『致知』二〇〇九年一月号
2　おふくろのおしめ　『致知』二〇〇九年四月号
3　母のあり方　『致知』二〇〇九年七月号
4　花嫁人形と平和　『致知』二〇〇九年十月号

第二章　誇りをなくした日本人

1　戦後日本人の五つの忘れ物　『致知』二〇〇八年五月号
2　乱れた日本の国語と日本人の卑しい発言　『致知』二〇〇八年十一月号
3　志立たざれば舵なき舟、轡なき馬の如し　『致知』二〇〇七年十一月号
4　相手を立てれば蔵が建つ　『致知』二〇〇七年七月号
5　新憲法の本質を見抜く　『致知』二〇一一年五月号

第三章　先人に学ぶ

1　友に求めて足らざれば天下に求む……　『致知』二〇〇六年一月号

2　読書の喜び　『致知』二〇〇七年五月号

3　水の五訓　『致知』二〇〇六年九月号

4　「気づき」が人生の勝負を決める　『致知』二〇〇八年九月号

5　逆縁に散った若桜たち　『致知』二〇一〇年一月号

第四章　歴史を忘れた民族は滅びる

1　縦糸と横糸の織り成すもの　『致知』二〇〇七年一月号

2　世論を超えて決断する日　『致知』二〇〇八年二月号

3　「カチンの森」の悲劇と我が民族のさまよい　『致知』二〇一〇年八月号

4　「カルタゴの平和」と「人間の鎖」　『致知』二〇一〇年四月号

エピローグ　感性が理性を超克する瞬間

『致知』二〇一一年二月号

〈著者略歴〉

中條高德（なかじょう・たかのり）

昭和2年長野県生まれ。陸軍士官学校（第60期）に学ぶ。終戦後、旧制松本高校（現・信州大学）を経て、27年学習院大学卒業。同年アサヒビール入社。50年取締役。常務取締役営業本部長として「アサヒスーパードライ」作戦による会社再生計画で大成功を収める。63年副社長に就任。平成2年アサヒビール飲料代表取締役会長を経て、10年にアサヒビール名誉顧問。現在、（社）日本国際青年文化協会会長、日本戦略研究フォーラム会長、英霊にこたえる会会長。著書に『立志の経営』『おじいちゃん戦争のことを教えて』『おじいちゃん日本のことを教えて』『子々孫々に語りつぎたい日本の歴史①②』（いずれも致知出版社）などがある。

日本人の気概

平成二十三年六月二十日第一刷発行
平成二十四年五月十四日第二刷発行

著者　中條 高德
発行者　藤尾 秀昭
発行所　致知出版社
〒150-0001東京都渋谷区神宮前四の二十四の九
TEL（〇三）三七九六―二一一一
印刷　㈱ディグ　製本　難波製本
落丁・乱丁はお取替え致します。（検印廃止）

ISBN978-4-88474-929-3 C0095
ホームページ　http://www.chichi.co.jp
Eメール　books@chichi.co.jp